DÖNÜŞÜM

Franz Kafka

DÖNÜŞÜM

Almanca aslından çeviren
İclal Cankorel

Remzi Kitabevi

DÖNÜŞÜM / Franz Kafka
Özgün adı: *Die Verwandlung*

Çeviri danışmanı: Alper Hasanoğlu
Düzelti: Öner Ciravoğlu – Neclâ Feroğlu
Kapak tasarımı: Ömer Erduran

ISBN 978-975-14-1590-5

BİRİNCİ BASIM: Aralık 2013
DÖRDÜNCÜ BASIM: Ekim 2015

Kitabın her basımı 2000 adet yapılmıştır.

Remzi Kitabevi A.Ş., Akmerkez E3-14, 34337 Etiler-İstanbul
Sertifika no: 10705
Tel (212) 282 2080 Faks (212) 282 2090
www.remzi.com.tr post@remzi.com.tr

Baskı ve cilt: Remzi Kitabevi A.Ş. basım tesisleri
100. Yıl Matbaacılar Sitesi, 196, Bağcılar-İstanbul
Sertifika no: 10648

Prag'da Kafka izleri ve *Dönüşüm*

Prag'a gelip de kahvelerine, daha doğrusu kıraathanelerine uğramamak olmaz. Eski rejimden kurtulduktan sonra yeniden açılan bu mekânların düşünce ve edebiyat dünyasını ne kadar etkilemiş olduğunu hemen hissediyorsunuz. Kent merkezinden geniş Narodni Caddesi'nde yürüyüp, Moldau kıyılarına doğru uzanırken mutlaka Café Louvre'a bir uğramalı. 1902'de kapılarını açan, özellikle iki savaş arasında üst sınıf Praglıların, filozofların, akademisyenlerin, ünlü sanatçıların ve hali-vakti yerinde hanımların da uğradığı Café Louvre hep geçmişi anımsatıyor. Max Brod-Franz Kafka ikilisinin de sık sık düzenlenen edebiyat toplantılarına katıldığı Louvre, 1992'den bu yana yine eski şıklığına dönmüş.

Prag'da, Kafka'nın doğmuş olduğu bu kentte gezinirken kolayca onlarca yıl geriye dönüp anılara dalabilirsiniz. Bu güzel Moldau kentinin sokaklarında Kafka'nın Milena'ya olan aşkının peşinden gider ya da var olmanın dayanılmaz hafifliğini tadabilirsiniz.

Prag kocaman, art nouveau, süslü, yüz yıllık yapılarıyla insana Budapeşte ile Viyana'yı çok anımsatıyor. Gezinen nereye, ne zaman bakacağını şaşırıyor. Büyük alanda sıra sıra faytonlar, üstü açık tarihi otomobiller müşteri bekliyor. Az ötede Paris Caddesi... Geniş bir bulvar, ağaçlıklı. Hepsi son yıllarda elden geçmiş, bakımlı yapılar. Altlarındaki şık mağazalar Paris'i aratmıyor. Çoğunun sahibinin Amerikalı Yahudi olduğu söyleniyor. Demirperdenin kalkmasının ardından otuz bine yakın Yahudi Prag'a dönmüş; Hitler'den kaçanların torunları...

Sonra sokaklar daralıyor. Artık Franz Kafka'nın dünyasındasınız. Güney Bohemya'dan gelip Prag'a yerleşen Hermann Kafka'nın oğlu Franz, yaşamını Yahudilerin gettosu Josefov'da geçirir. Praglı yazarlar Jarovlas Hasek ve Egon Erwin Kisch dostlarıdır. Fakat Kafka hep bu çevrenin içinde kalamaz, Prag'ın başka semtlerinde de yaşar. Bu arada birkaç yılını Prag kalesinin gölgesinde uzanan Simyacılar Sokağı 22 numarada geçirir. Ancak hasta olan Kafka, küçük ve dar evdeki yaşama çok fazla dayanamayıp, yine taşınır. Yeni evi Moldau'ya yakındır. Fakat o da dardır, havasız ve rutubetlidir. Kafka'nın hastalığı ilerler; Prag'ı uzun süre için terk eder. 1924 yılında Viyana yakınlarındaki Kierling'de öldüğünde 41 yaşındadır. Prag'ın Zelivskeho Mahallesi'ndeki Yeni Yahudi Mezarlığı'nda yatan Kafka'nın Moldau kıyısında şimdi güzel bir müzesi var...

Eski gettonun sokakları dar, karmakarışık, düzensiz. Bir Franz Kafka heykeli. Heykeltıraş Jaroslav Rona onu yaratırken *Bir Savaşın Tasviri* öyküsünden esinlenmiş. Üç buçuk metre yüksekliğindeki kara heykel içi boş, kafasız bir giysi. Omuzlarında bir insan oturuyor. Heykelin ayaklarının önünde çiçekleri çoktan solmuş küçük bir çelenk. Az ötede eski-yeni sinagog, çift saatli tarihi belediye binası, altı yüz yıllık bir mezarlık, 1439-1787 arasında buraya on binlerce kişi gömülmüş. Mezarlık enine büyüyemediği için ölüler üst üste. Şu sıra on iki bin taş sayılıyor dünyanın bu en eski Yahudi mezarlığında.

Yaşamında çoğu kez dışlanmış olan Franz Kafka, uzun öykü diyebileceğimiz *Dönüşüm*'de bazı yaşam birikimlerini kaleme almış gibidir. Sürekli iç sorunları olan, kendini bir yerde ailesi için "kurban" eden Gregor Samsa'yı da yaşamı boyunca hiç kimse anlamamıştır, ne annesi ile babası, ne de kız kardeşi. Onlar Gregor'un, yaşamını çalışmakla güvenceye aldığına inanırken, oğulları çalışarak getirdiği parayla evdekilere güzel ve mutlu yaşam sağladığı, daha doğrusu kendini onlar için "kurban" ettiği inancındadır. Çok şeye katlanan Gregor her şeye karşı çıkan biri değildir; o tıpkı kabuğu kalın, içi yumuşak bir böcek gibidir. Ailesine olan çocukça bağlılığı böceğe dönüştükten sonra da sürer. Bir böcek olarak evinde geçirdiği dönemde de ailesinin ona yaptıklarına karşı çıkamaz.

Burada çok ilginç, daha doğrusu anlaşılmaz olan, kısa süre sonra Gregor dahil bütün ailenin çok olağanmış gibi "dönüşüm"ü kabullenmesidir. Uykusundan böcek olarak uyanan Gregor yaşadığı "dönüşüm"e karşın hemen giyinip işe gitmeye niyetlidir. Onun yaşam sorunu kişiliğidir; aşırı alçakgönüllüdür ve özgüveni yoktur. Gregor bir gün olsun kendini ailesinin kıskacından kurtaramamış, annesi ile babasının mutluluğundan sorumlu olduğuna hep inanmıştır. Geçmişine sırtını dönüp, gönlünce yaşamasını hiç bilmemiştir. Ailesinin eve para getiren oğulları olmadan da geçinip gidebileceklerini, yıllarca acımasızca sömürülmüş olduğunu Gregor ancak "dönüşüm"ünden sonra fark etmiştir.

Bir sabah uyandığında böceğe dönüşmüş olması bir yerde her şeyden kaçma, hatta bir başkaldırma olarak algılanabilir. O artık dayanılmaz, tekdüze bir yaşamdan, her şeye boyun eğen bir birey olmaktan ve içine kıstırıldığı sistemin çarkları arasından kurtulmak istemektedir. Ancak aile içindeki yabancılaşma Gregor'un böceğe dönüşmesinin ardından da sürer. Bu "yeni" yaşamı da bir çözüm, bir kurtuluş değildir. Ailesi onu yine dışlamaktadır, çünkü başkalaşmış olan oğulları artık işlerine yaramıyordur. Böcek yaşamında da yalnız kaldığının farkına varan Gregor, kendisiyle ve dünyasıyla barış içinde, her şeye razı yaşama veda eder.

Ahmet Arpad
Kasım 2013

DÖNÜŞÜM

I

Gregor Samsa bir sabah yatağında sıkıntılı rüyalarından uyandığında, kendini dev bir böceğe dönüşmüş olarak buldu. Zırh gibi sert sırtının üstünde yatıyor ve başını azıcık kaldırıp baktığında, eğimli, kahverengi, yay biçiminde şeritlerle bölümlere ayrılmış karnını görüyordu; üstündeki yorgan tümüyle kayıp düşmek üzereydi, zar zor yerinde duruyordu. Gövdesine oranla acınası cılızlıktaki pek çok bacağı gözünün önünde çaresizlik içinde titreşiyordu.

"Ne olmuş bana böyle?" diye aklından geçirdi. Bu bir rüya değildi. Biraz küçük olmakla beraber, normal, sıradan herkesin yaşayabileceği odası, yine bildiği dört duvar arasında ve eskisi gibiydi. Paketten çıkarılmış olan kumaş örneklerinin yayılı durduğu masanın üzerinde –Samsa gezgin satıcıydı– dün gece resimli bir dergiden kesip, altın yaldızlı güzel bir çerçeveye yerleştirdiği bir resim vardı. Resimde, kürk şapka ve kürk yaka takmış ve kolunu dirseğine kadar örten kalın kürk manşonu bakana doğru uzatmış dimdik oturan bir hanımefendi görülüyordu.

Gregor'un gözü sonra pencereye yöneldi ve dışarıdaki kasvetli havayı görünce –yağmur damlalarının pencerenin çinko pervazına çarpması duyulmaktaydı– çok hüzünlendi.

"Biraz daha uyusam ve bütün bu saçmalıkları unutsam, nasıl olurdu acaba?" diye aklından geçirdi. Oysa bu kesinlikle imkânsızdı. Çünkü sağ yanına yatarak uyumaya alışmıştı, fakat şimdiki durumunda kendini o yana çeviremiyordu. Sağa dönmek için ne kadar çabalarsa çabalasın sonunda sallanıp sallanıp yine sırtının üstüne yuvarlanıyordu. Belki yüz kere denedi, çırpınan bacaklarını görmemek için gözlerini kapattı ve ancak, böğründe o ana kadar hiç hissetmediği hafif, boğuk bir acı duymaya başladıktan sonra, çabalamaktan vazgeçti.

"Aman Tanrım," diye düşündü, "nasıl da zor bir iş seçmişim kendime! Gece-gündüz demeden sürekli yollardayım. İşin bu yanı, bürodaki asıl işlerden daha da yorucu, üstelik bir de seyahatlerin eziyetini çekiyorum; tren bağlantılarıyla ilgili endişeler, düzensiz ve kötü yemekler ve hiçbir zaman sürekli, hiçbir zaman samimi dostluğa dönüşmeyen insan ilişkileri. Hepsinin canı cehenneme!"

Karnının üstünde hafif bir kaşıntı hissetti; başını daha iyi kaldırabilmek için, sırt üstü ağır ağır yatağın başucuna doğru sürüklendi; kaşınan yeri buldu; burada, ne anlam vereceğini bilemediği, sayısız küçük beyaz noktacık gördü; ayaklarından biriyle oraya dokunmak istediyse de hemen geri çekti, çünkü değmesiyle birlikte tüyleri diken diken olmuştu.

Yine eski konumuna kaydı. "Şu erken kalkmalar var ya," diye düşündü, "insanı aptala çeviriyor. İnsanın uykuya ihtiyacı vardır. Diğer gezgin satıcılar haremdeki kadınlar gibi yaşıyor. Örneğin, ben aldığım siparişleri deftere geçirmek üzere öğleden önce otele geri döndüğümde ötekiler kahvaltı masasına daha yeni oturmuş oluyorlar. Böyle davranmaya kalkışsam patron anında beni kovardı. Kimbilir belki de bu benim için en iyisi olurdu. Eğer annemin ve babamın hatırına kendimi tutuyor olmasaydım, çoktan ayrılmıştım bu işten. Patrona çıkar ve aklımdan geçenleri açıkça yüzüne karşı söylerdim. O zaman çarpılıp sandalyesinden düşerdi herhalde! Ayrıca ağır işittiği için patrona iyice yaklaşmak zorunda olan personele çalışma masasının üstüne tüneyip öyle tepeden bakarak konuşmak da çok garip bir davranış... Neyse, henüz umudumu tamamen kaybetmiş değilim. Annem ile babamın patrona olan borçlarını ödeyecek parayı bir araya getirdim mi –bu herhalde daha beş veya altı yıl sürer– o zaman, düşündüğümü mutlaka yapacağım. Bu işi kökünden halledeceğim. Ama şimdi hemen yataktan kalksam daha iyi olacak, çünkü saat beşte trenim kalkıyor."

Ve başucundaki masanın üstünde işlemekte olan çalar saate baktı. "Aman Tanrım!" diye telaşlandı. "Saat altı buçuğu gösteriyor, akrep ile yelkovan sessizce ilerliyor. Hatta altı buçuğu da geçmiş, yediye çeyrek kala olacak şimdi."

Saat çalmamış olabilir miydi? Yataktan, alarmın doğru, yani saatin dörde kurulmuş olduğu görülüyordu; o zaman mutlaka çalmış olmalıydı. Evet ama, mobilyaları titretecek kadar güçlü zil sesini duymadan rahat rahat uyumaya devam etmiş olması mümkün müydü? Pek rahat uyuduğu söylenemezdi. Hayret bu kez pek derin olmuştu uykusu. Peki şimdi ne yapmalıydı? Bir sonraki tren saat yedide kalkıyordu; o trene yetişmek için deli gibi acele etmesi gerekiyordu; oysa kumaş örnekleri henüz paketlenmemişti bile ve kendini de pek dinlenmiş ve hazır hissetmiyordu. Ve bu trene yetişse bile patronun öfkelenmesi kaçınılmaz olacaktı. Çünkü şirket hizmetlisi, Gregor'un beş treninden çıkmasını bekliyordu ve onun treni kaçırdığı haberini çoktan patrona ulaştırmış olmalıydı. O, tam patronun uşağı, kişiliksiz ve aptalın biriydi. Acaba hasta olduğunu mu söyleseydi? Ama bu çok tuhaf olurdu ve kuşku uyandırırdı, çünkü Gregor, beş yıllık iş hayatı boyunca bir kez bile hastalanmamıştı. Patron, kesinlikle yanına sigorta doktorunu da alıp gelir, tembel oğulları yüzünden annesiyle babasına çıkışır ve dünyanın, tamamen sağlıklı olmalarına rağmen işten kaçan insanlarla dolu olduğunu düşünen doktorun ağzıyla hiçbir itirazı kabul etmezdi ve bu durumda pek haksız da sayılmazdı, değil mi? Çünkü Gregor, böyle uzun bir uykudan sonra tamamen gereksiz bir mahmurluğun dışında kendini gerçekten de son derece iyi hissediyordu ve üstelik iştahı müthişti.

Gregor, yataktan kalkıp kalkmama konusunda henüz bir karara varmadan, son sürat bütün bunları kafasından geçirdiği sırada –saat tam yediye çeyrek kala olmuştu– yatağının başucundaki kapıya dikkatle vuruldu. "Gregor!" diye seslendi bir ses –annesiydi bu– "saat yediye çeyrek var. Trene yetişmeyecek miydin sen?"

Ah o yumuşak ses! Gregor, cevap veren kendi sesini duyunca korktu; bunun eski sesi olduğu kesindi, ama sanki bastırılması imkânsız, alttan gelen acı bir ıslıkla karışıyordu; bu ıslıkla birlikte kelimeler yalnız ilk anda net çıkıyor, ama sonradan öyle bozuluyordu ki, insan doğru işitip işitmediğinden kuşkuya düşüyordu.

Gregor'un niyeti, ayrıntılı bir cevap vermek ve her şeyi açıklamaktı ama bu şartlar altında "Evet, evet, teşekkür ederim anne, şimdi kalkıyorum," demekle yetindi. Aradaki tahta kapı nedeniyle sesindeki değişiklik dışarıdan herhalde anlaşılmamış olmalıydı, çünkü annesi bu açıklamayla rahatlayarak oradan uzaklaştı. Bu kısa konuşmadan ailenin diğer üyeleri, beklentilerinin aksine, Gregor'un hâlâ evde olduğunu fark ettiler ve babası iki yandaki kapılardan birine hafifçe, ama yine de yumruğuyla vurmaya başlamıştı bile. "Gregor, Gregor!" diye seslendi, "Ne oldu?" Ve az sonra daha kalın bir sesle "Gregor! Gregor!" diye uyardı. Öteki kapının arkasında kız kardeşi alçak sesle yalvarıyordu: "Gregor iyi değil misin? Bir şeye ihtiyacın var mı?"

Gregor, her iki tarafa da "Geliyorum şimdi," diye cevap verdi; kelimeleri özenle telaffuz ederek ve aralarına uzun fasılalar koyarak sesinin dikkat çekmemesine gayret ediyordu. Babası da zaten kahvaltısının başına döndü, ama kız kardeşi fısıldamaya devam ediyordu: "Gregor, aç kapıyı, yalvarıyorum sana!" Oysa Gregor kapıyı açmaya hiç niyetli değildi; yolculuklardan kalma bir alışkanlıkla evde bile geceleri bütün kapıları kilitlediği için kendi kendini kutladı.

İlkin, ağır ağır ve rahatsız edilmeden yataktan kalkacak, giyinecek ve en önemlisi kahvaltı edecekti; geri kalanını kahvaltıdan sonra düşünürdü, çünkü yatakta kafa yormakla mantıklı bir sonuca varamayacağını iyice anlamıştı. Daha önce de yataktayken bazen, belki biçimsiz bir konumda yattığından dolayı hafif bir ağrı hissettiğini ve ayağa kalktıktan sonra bunun sadece bir kuruntu olduğunu anladığını hatırladı ve hevesle bugünkü kuruntularının adım adım geçmesini bekledi. Sesindeki bu değişikliğin, gezici satıcıların meslek hastalığı sayılan esaslı bir soğuk algınlığının habercisi olduğundan en ufak bir kuşkusu yoktu.

Yorganı üstünden atmak çok kolaydı; gövdesini biraz şişirince yorgan zaten kendiliğinden düştü. Ama bundan sonra, özellikle gövdesi bu denli geniş olduğu için, işler zorlaştı. Doğrulabilmek için kollara ve ellere ihtiyacı vardı; ama onların yerine sürekli çeşitli hareketler yapan ve üstelik Gregor'un hükmedemediği sayısız ince bacak vardı. Bacaklarından birini kıvırmaya kalktığında ilk doğrulan yine bu bacak oluyordu; sonunda ona istediğini yaptırtmayı başarsa bile bu arada diğer bütün bacakları zincirden boşanmışçasına son derece ağrılı bir hareketlilikle çırpınıp duruyorlardı. "Yatakta böyle uyuşuk uyuşuk yatmanın bir faydası yok," diye düşündü Gregor.

Önce bedeninin alt kısmıyla yataktan kalkmayı denedi, ama henüz görmediği ve doğru dürüst tahayyül edemediği bu alt kısmı kıpırdatmanın çok zor olduğu anlaşıldı; yerinden öyle ağır oynuyordu ki. Ve sonunda, neredeyse çıldırmış gibi, tüm gücünü toplayarak kendini düşüncesizce öne doğru ittiğinde yönünü yanlış seçtiği için karyolanın ayakucuna çarptı; duyduğu acı ona, şu an belki de en duyarlı yerinin tam da gövdesinin alt bölümü olduğunu gösterdi.

Bundan dolayı önce bedeninin üst kısmını yataktan kaldırmayı denedi ve başını dikkatlice yatağın kenarına doğru çevirdi. Bu kolayca oluvermişti. Genişliğine ve ağırlığına rağmen bedeninin geri kalan kısmı nihayet yavaşça başının hareketlerini izledi. Ama başını nihayet yatağın dışına, boşluğa çıkardığında korkmaya başladı çünkü hep bu şekilde düşmeye devam edecek olursa başını çarpmaması için bir mucize gerekecekti. Ama şu anda bilincini kaybetmeyi göze alamazdı, yatakta kalmasının daha iyi olacağını düşündü.

Fakat aynı zahmetlerden sonra yatağında yine eski konumunda inleyerek yatıyordu. Oysa küçücük bacaklarının birbirleriyle belki daha da kötü savaştıklarını görüp de bu gelişigüzel hareketlere bir düzen ve huzur getiremeyeceğini anlayınca kesinlikle yatakta kalmaması gerektiğini düşündü. Yataktan kurtulabilmek için en küçük bir ümit bile olsa her şeyi denemek en mantıklı davranış sayılacaktı. Ancak aynı zamanda da telaşlanmadan sakin sakin düşünmenin ümitsiz kararlar almaktan çok daha iyi olacağını hatırlamayı da ihmal etmedi. Böyle anlarda, elinden geldiğince dikkatle pencereye göz atıyordu, ama o gün dar sokağın karşı tarafını bile sarmalayan sabah sisinin görünümü ne yazık ki neşe vermekten de güven vermekten de uzaktı. Saat başı olması nedeniyle çalar saatin yeniden vurmasıyla birlikte "Saat yedi oldu," dedi kendi kendine, "saat yedi olmasına karşın yoğun sis hâlâ kalkmadı." Ve bir süre, hafif hafif nefes alarak hiç kıpırdamadan yattı, bu mutlak sessizliğin, gerçek ve normal durumları geri getirmesini bekler gibiydi.

Ama sonra şöyle dedi kendi kendine: "Saat yediyi çeyrek geçmeden kesinlikle yataktan kalkmış olmam gerekir. O zamana kadar zaten mağazadan biri beni sormaya gelecektir, çünkü mağaza yediden önce açılıyor." Ve sonra gövdesini, boylu boyunca, her yanını eşit derecede sallayarak yataktan çıkarmaya koyuldu. Kendini yataktan bu şekilde atacak olursa, başı büyük olasılıkla bir yere çarpmayacaktı. Sırtının sert olduğunu tahmin ediyordu; halıya doğru yuvarlanırken herhalde orasına bir şey olmazdı. Kafasını en çok kurcalayan şey, engelleyemeyeceği büyük gürültüydü; bu gürültü tüm kapıların ardında korku olmasa bile endişe yaratacaktı. Ama yine

de bunun göze alınması gerekiyordu.

Gregor, yarı yarıya yataktan çıktığında –yeni yöntem, yorucu bir çaba olmaktan çok bir oyun gibiydi; sadece sağa sola sallanmayı sürdürmesi yeterliydi– kendisine yardım eden birileri olsa işinin ne kadar kolaylaşacağını düşündü. Güçlü kuvvetli iki kişi –aklına babası ve hizmetçi kız gelmişti– yeterdi de artardı bile. Yapmaları gereken tek şey, kollarını Gregor'un kubbe gibi sırtının altından geçirerek onu yataktan kaldırmak, yükleriyle beraber yere doğru eğilmek ve sonra da Gregor'un döşemenin üstünde takla atmasını sabırla beklemekti; o zaman minik ve cılız bacakları belki bir işe yaramış olacaktı.

Hızlı sallandığında artık neredeyse dengesini koruyamayacak bir duruma gelmişti ve fazla gecikmeden kesin kararını vermesi gerekiyordu çünkü beş dakika sonra saat yediyi çeyrek geçiyor olacaktı –tam bu anda evin kapısı çalındı. "Mağazadan gelen biridir," dedi kendi kendine ve neredeyse donup kaldı; minik ayakları bu arada dans eder gibi zıplamaya başlamıştı. Bir an sessizlik oldu. "Kapıyı açmıyorlar," diye söylendi Gregor, anlamsız bir umuda kapılarak. Ama sonra doğal olarak hizmetçi kız her zamanki gibi kararlı adımlarla gidip kapıyı açtı. Gregor, ilk selam sözcüğünü duyar duymaz gelenin kim olduğunu hemen anladı –mağaza sorumlusu müdür gelmişti. Gregor, neden en ufak bir gecikmede derhal kuşkuya kapılan bir şirkette çalışmaya mecburdu acaba? Çalışanların tümü de serseri miydi sanki? Aralarında, sabahın sadece birkaç saatini şirket yararına değerlendirmedi diye vicdan azabından deliye dönen ve yataktan kalkamayacak hale gelen, sadık ve işine bağlı tek bir kişi bile yok muydu? Bu soruşturma için –eğer mutlaka gerekiyorsa– bir çırak yollamak gerçekten yeterli değil miydi? Sorumlu müdürün bizzat kendisinin gelmesi ve tüm masum aileye, bu şüpheli durum için ancak onun aklına güvenebileceğini göstermesi şart mıydı? Ve Gregor, doğru bir kararın sonucu olmaktan çok, bu düşüncelerin yarattığı heyecanın etkisiyle, tüm gücünü vererek kendini yataktan attı. Büyük bir ses çıktı, ama tam bir gürültü de sayılmazdı bu. Halı sayesinde düşüşü bir ölçüye kadar hafiflemişti, zaten sırtı da Gregor'un tahmininden daha esnek çıkmıştı, bu nedenle pek dikkat çekmeyen boğuk bir ses duyuldu. Sadece, yeterince dikkatli tutmadığı için kafasını vurmuştu; başını çevirip öfke ve acı içinde halıya sürttü.

"İçeride bir şey düştü," dedi müdür soldaki yan odadan. Gregor, bugün kendi başına gelen olayın bir benzerinin günün birinde müdürün de başına gelebileceğini tahayyül etmeye çalıştı; böyle bir olasılığı aslında kabul etmek gerekirdi. Ama bu soruya kaba bir cevap vermek istermiş gibi müdür, yandaki odada birkaç adım attı ve rugan çizmelerini gıcırdattı. Sağdaki odadan, Gregor'a haber vermek için kız kardeşi fısıldayarak: "Gregor, müdür bey geldi," dedi. "Biliyorum," dedi Gregor kendi kendine ama sesini, kız kardeşinin duyabileceği kadar yükseltmeye cesaret edememişti.

Sonra yan odadan babasının sesi duyuldu: "Gregor, müdür bey geldi. Sabah neden erken trenle gitmediğini soruyor. Ne diyeceğimizi bilemedik. Ayrıca seninle özel olarak görüşmek istiyor. Onun için kapıyı aç lütfen. Odanın dağınıklığı için kusura bakmaz sanırım." Bu arada müdür araya girerek, içtenlikle "Günaydın Bay Samsa," diye seslendi. Annesi ise, babanın sözünün bitmesini beklemeden müdüre dönerek: "Oğlum iyi değil," dedi. "İnanın bana müdür bey, iyi değil oğlum. Yoksa treni kaçırır mıydı hiç? İşinden başka bir şey düşünmez o. Akşamları hiç evden çıkmamasına neredeyse kızmaya başlayacağım. Sekiz günden beri şehirde, ama her gecesini evde geçirdi. Bizimle beraber masada oturuyor ve sessizce gazetesini okuyor veya tren saatlerini inceliyor. Tek eğlencesi oyma el işleri yapmak... Örneğin iki-üç gece içerisinde oymalı küçük bir çerçeve yaptı; görseniz şaşırırsınız, öyle güzel ki; içeride, odasında asılı. Gregor kapıyı açınca hemen görürsünüz. Ayrıca gelmenize çok sevindim müdür bey, biz tek başımıza olsaydık Gregor'u kapıyı açmaya ikna edemezdik; çok inatçıdır ve sabahleyin inkâr etmesine rağmen kendisini iyi hissetmediğinden de kesinlikle eminim."

"Hemen geliyorum," dedi Gregor ağır ağır ve düşünceli bir ifadeyle. Konuşmaların tek bir kelimesini bile kaçırmamak için yerinden kıpırdamadı. "Başka türlü bir açıklama ben de düşünemiyorum hanımefendi," dedi müdür, "umarım ciddi bir durum yoktur. Öte yandan şunu da belirteyim ki biz işadamları –ne yazık veya ne mutlu diyebilirsiniz, anlayışa göre değişir bu– işlerimiz nedeniyle hafif bir rahatsızlığı çoğu kez görmezlikten gelmek zorunda kalırız."

"Müdür bey odana girebilir mi artık?" diye sordu Gregor'un sabırsız babası ve yine kapıya vurdu. "Hayır," dedi Gregor. Soldaki odayı tatsız bir sessizlik kapladı, sağdaki odada kız kardeşi hıçkırmaya başladı.

Kız kardeşi neden ötekilerin arasına katılmıyordu?

Yataktan yeni kalkmış ve henüz giyinmeye başlamamış olmalıydı. Neden ağlıyordu peki? Gregor yataktan kalkmadığı ve müdürü odasına sokmadığı için mi? Gregor'un işini kaybetme tehlikesinden dolayı mı? Bu durumda patron anne ve babasından eski alacaklarını yine talep edeceği için mi? Ama bunlar şimdilik gereksiz kaygılardı.

Gregor henüz buradaydı ve ailesini terk etmek, aklının ucundan bile geçmiyordu. Evet, şu anda halının üstünde yatmaktaydı ve bu durumu bilen hiç kimse, onun müdüre kapıyı açmasını ciddi olarak bekleyemezdi. Ama sonradan kolayca uygun bir bahane bulunacak olan bu küçük kabalıktan dolayı onun hemen işten atılması düşünülemezdi. Ve Gregor'a göre, ağlayıp sızlayarak ve üstüne vararak onu rahatsız etmek yerine rahat bıraksalardı çok daha mantıklı davranmış olurlardı. Ama ötekilerini sinirlendiren ve davranışlarını affettiren neden, belli ki durumun belirsizliğiydi.

"Bay Samsa," diye seslendi sonunda müdür, "ne oluyor? Kendinizi odanıza kapatıyorsunuz, sorulara sadece evet ve hayırla karşılık veriyorsunuz, annenizi ve babanızı büyük ve gereksiz sıkıntılara sokuyorsunuz, üstelik de –sadece laf arasında söylüyorum– firmaya karşı olan görevlerinizi çok kötü ihmal ediyorsunuz. Ben burada annenizin, babanızın ve patronunuzun adına konuşuyorum ve derhal net bir açıklama getirmenizi ciddi olarak bekliyorum. Çok şaşırdım, hem de çok şaşırdım. Sizi sakin, mantıklı biri olarak bilirdim, oysa şimdi birdenbire tuhaf davranışlar sergilemeye başladınız. Gerçi patron bu sabah işe gelmeyişinizin olası sebebi sayılabilecek bir açıklamada bulundu –kısa bir süre önce size emanet edilen ödeme makbuzlarından söz etti– ama ben, bu açıklamanın geçerli olamayacağına dair neredeyse şerefim üstüne yemin ettim. Fakat şimdi bu inanılmaz inatçılığınızı gördükten sonra sizin tarafınızı tutmak hiç içimden gelmiyor. Ve üstelik firmadaki durumunuz o kadar sağlam da değil. Aslında bunları size yalnız kaldığımız bir anda açıklamak niyetindeydim, ama şimdi burada zamanımı boşa harcattığınız için, bütün bunları büyüklerinizin de öğrenmemesi için bir sebep göremiyorum. Son zamanlardaki çalışmalarınız son derece yetersizdi; evet, bu mevsimde işlerin çok parlak gitmesi beklenmez, bunu kabul ediyoruz ama hiç iş yapılamayacak bir mevsim yoktur Bay Samsa, asla da olmamalı."

"Ama müdür bey," diye Gregor kendinden geçmişçesine bağırdı ve heyecandan her şeyi unuttu, "hemen açıyorum kapıyı, anında açıyorum. Önemsiz bir rahatsızlık, bir baş dönmesi yataktan kalkmamı engelledi. Hâlâ yataktayım. Ama şimdi bayağı iyiyim. Kalkmak üzereyim. Bir dakika sabredin lütfen! Zannettiğim kadar da iyileşmemişim henüz. Ama yine de iyi sayılırım. Böyle şeyler insanı ne çabuk yatağa düşürürmüş meğer! Daha dün akşam çok iyiydim, annem ve babam da gördüler ya zaten veya şöyle diyelim, daha dün akşamdan içimde küçük bir önsezi vardı. Bazı belirtiler göstermiş olmam gerek. Ah, firmaya niye haber vermedim sanki! Ama insan hastalığını ayakta da atlatabileceğini sanıyor hep. Müdür bey! Annemle babamı üzmeyin! Bana yönelttiğiniz bütün bu suçlamalar hiçbir temele dayanmıyor; şimdiye kadar bana tek bir kelime söyleyen de çıkmadı zaten. Belki son gönderdiğim siparişleri okumamışsınızdır. Neyse, sekiz trenine yetişirim, bu birkaç saatlik dinlenme bana çok iyi geldi. Sizi burada daha fazla tutmayalım müdür bey; az sonra ben de işte olacağım, lütfen haber verin ve patrona saygılarımı iletin!"

Ve Gregor, ne dediğinin farkında olmadan birdenbire bunları söylerken, diğer taraftan da, herhalde yataktayken kazanmış olduğu beceriler sayesinde komodine doğru yaklaşmıştı ve şimdi ona tutunarak doğrulmaya çalışıyordu. Gerçekten de niyeti kapıyı açmak, kendini göstermek ve müdürle konuşmaktı; onu ille de görmek isteyenlerin, Gregor'un halini görünce ne diyeceklerini çok merak ediyordu. Korkacak olurlarsa o zaman Gregor'un sorumluluğu kalmayacaktı ve artık rahat olabilirdi. Ama her şeyi serin kanlılıkla karşıladıkları takdirde Gregor'un heyecanlanmasına da bir neden kalmayacaktı ve eğer acele ederse saat sekizde sahiden de istasyonda olabilirdi. Önce birkaç kez komodinin cilalı yüzeyinden aşağıya kaydı ve nihayet son bir hamleyle doğrulmayı başardı; çok acımasına rağmen bedeninin alt kısmındaki ağrılara artık kulak asmıyordu. Kendini yakınındaki bir iskemlenin arkalığına doğru bıraktı ve cılız bacaklarıyla arkalığın kenarlarına sarıldı. Bunu yapınca kendine yine hâkim olmuştu ve sustu; şimdi artık müdürün söyleyeceklerini dinleyebilirdi.

"Tek bir kelime anladınız mı söylediklerinden?" diye müdür annesiyle babasına soruyordu, "bizimle alay mı ediyor yoksa?"

"Tanrı aşkına!" diye bağırdı artık ağlamaya başlayan annesi, "belki de ağır hasta ve biz de durmuş ona işkence ediyoruz. Grete! Grete!" diye seslendi sonra. "Efendim anne," diye kız kardeşi öteki odadan cevap verdi. Aralarında Gregor'un odası vardı. "Hemen bir doktor çağır. Gregor hasta. Çabuk doktora koş. Gregor'un konuşmasını duydun mu şimdi?"

"Bu bir hayvan sesiydi," dedi müdür; sesi annenin çığlıklarına oranla dikkat çekecek kadar hafifti.

"Anna! Anna!" diye babası holden mutfağa doğru seslendi ve ellerini çırptı, "hemen git bir çilingir çağır!" Ve iki kız, hışırdayan etekleriyle hemen koşarak holden çıktılar –kız kardeşi nasıl da böyle çabuk giyinebilmişti?– ve evin kapısını açtılar. Kapının kapanması duyulmadı. Herhalde büyük bir felaket yaşanan evlerde olduğu gibi kapıyı açık bırakmış olacaklardı.

Ama Gregor şimdi çok daha sakindi. Belki kulağı alışmış olduğu için, sözleri kendisine net, sabah olduğundan bile daha net gelse de sözleri artık anlaşılmıyordu. Fakat yine de Gregor'un pek iyi olmadığına inanıyorlardı ve ona yardım etmeye hazırdılar. Güven ve cesaretle alınan bu ilk önlemler onu rahatlatmıştı. Yeniden insanların arasına katıldığını hissediyor ve aralarında kesin bir ayırım gözetmeksizin, hem doktordan hem de çilingirden olağanüstü ve şaşırtıcı başarılar bekliyordu. Yaklaşmakta olan önemli konuşmalar sırasında mümkün olduğunca iyi bir ses çıkarabilmek için biraz öksürdü ama çok ses çıkarmamaya da özellikle gayret etti, çünkü bu öksürmesi bile insan sesinden farklı çıktı ve Gregor'un bu konuda karar vermeye cesareti kalmamıştı artık. Bu arada yandaki oda tamamen sessizliğe bürünmüştü. Belki de annesi ve babası müdürle beraber masanın etrafında oturmuş ve fısıldayarak konuşuyorlardı, belki de hepsi kulaklarını kapıya dayamış içeriyi dinliyorlardı.

Gregor, koltuğa tutunarak ağır ağır kapıya doğru sürüklendi, oraya varınca koltuğunu bıraktı, sıçrayıp kapıya dayanarak dimdik durdu –ufacık ayaklarının tabanında biraz yapışkan bir madde vardı– ve onca çabalamadan sonra orada biraz dinlendi. Ama sonra hemen kilitteki anahtarı ağzıyla çevirmeye çalıştı. Ne yazık ki normal dişlerinin olmadığı anlaşıldı –dişleri yoksa anahtarı nasıl tutabilecekti öyleyse?– fakat çene kemikleri de o denli güçlenmişti ve gerçekten de bu kemiklerinin yardımıyla anahtarı yerinden oynatabildi; bu arada kendine şüphesiz zarar veriyor olmasını umursamadı, çünkü ağzından gelen kahverengi bir sıvı, anahtarın üstünden akarak yere damlamaya başlamıştı.

"Dinleyin," dedi yan odadan müdür, "anahtarı döndürüyor." Bu sözler Gregor'a büyük bir cesaret verdi. Ama herkes, annesi ve babası da onu yüreklendirmeliydi. "Haydi Gregor," demeliydiler, "sıkı tut, döndür şu anahtarı!" Ve Gregor, onun gayretlerini herkesin heyecanla izlediğini düşünerek tüm gücünü toplayıp bilinçsizce anahtarı ısırdı. Anahtar dönmeye devam ettikçe o da kilidin etrafında dans ediyordu; artık sadece ağzıyla tutunarak dik duruyor ve duruma göre ya anahtara asılıyor ya da gövdesinin tüm ağırlığıyla üstüne abanıyordu. Sonunda açılan kilidin tok sesi Gregor'u tam anlamıyla kendine getirdi. Derin bir nefes alarak: "Çilingire ihtiyacım olmadı işte," diye söylendi ve kapıyı sonuna kadar açabilmek için başını tokmağa yasladı.

Kendine doğru çektiği için, kapı sonuna kadar açıldı ama Gregor'un kendisi henüz görünmüyordu. Önce yavaşça kapının kanatlarından birinin etrafında dönmesi gerekiyordu ve eğer daha odaya girmeden, pat diye sırtüstü düşmek istemiyorsa çok dikkatli davranmalıydı. Hâlâ bu güç hareketle meşgul olduğu için başka şeylere dikkat etmeye vakti yoktu; o anda müdürün yüksek sesle "Oh!" dediğini duydu –rüzgâr hışırtısını andıran bir sesti bu– sonra kendisini de gördü; kapıya en yakın duran o olduğu için, bir elini açık olan ağzına bastırmış ve sanki görülmeyen bir güç tarafından itiliyormuşçasına ağır ağır geri çekiliyordu. Annesi –müdürün orada bulunmasına rağmen hâlâ yataktan kalktığı andaki gibi dağınık, dik dik havaya kalkmış saçlarıyla duruyordu– önce ellerini kavuşturarak babasına baktı, sonra Gregor'a doğru iki adım attı ve etrafında dalgalanan eteklerinin arasına yığılıp kaldı; göğsüne gömülen yüzü hiç görülmüyordu. Babası, sanki Gregor'u yine odasına itmek istiyormuş gibi düşmanca bir ifadeyle yumruklarını sıktı, sonra tereddüt içinde oturma odasında etrafa bakındı. Ardından elleriyle yüzünü kapatıp sarsıla sarsıla ağlamaya başladı.

Gregor bunun üstüne dışarıya hiç çıkmadı, aksine kapının sürgülü kanadına iç taraftan yaslandı; gövdesinin yarısı ve diğerlerini gözlerken yana eğdiği başı görülüyordu. Bu arada hava iyice aydınlanmıştı; karşı kaldırımda, sıra halindeki pencerelerin, ön cephesini sert çizgilerle böldüğü kurşuni binanın –bu bir hastaneydi– bir bölümü net bir şekilde görünüyordu; yağmur hâlâ devam ediyordu, ama artık büyük, tek tek seçilebilen ve toprağa da neredeyse teker teker düşen damlalar halindeydi. Zengin bir kahvaltı sofrası kurulmuştu, çünkü çeşitli gazeteleri okuyarak uzattığı kahvaltı saatleri, baba için pek önemliydi. Tam karşıdaki duvarda asılı Gregor'un askerlik resminde, eli kılıcında kaygısızca gülümseyen, duruşuna ve üniformasına saygı gösterilmesini bekleyen bir teğmen vardı. Hole açılan kapı açıktı; ev kapısı da açık olduğu için oradan aşağı inen merdivenlerin başına, kapının önündeki sahanlığa kadar gözüküyordu.

“Tamam,” dedi Gregor, soğukkanlılığını koruyan tek kişinin kendisi olduğunu çok iyi bilerek, “hemen giyiniyorum, kumaş örneklerini topluyorum ve yola koyuluyorum. Peki siz, gitmeme gerçekten izin verecek misiniz? Evet müdür bey, gördüğünüz gibi inatçı biri değilim ve işimi de severek yapıyorum; yolculuklar yorucu geçiyor ama seyahat etmeden de yaşayamazdım ben. Ya siz nereye gidiyorsunuz müdür bey? Mağazaya, öyle mi? Her şeyi gerçeğe sadık kalarak rapor edecek misiniz? İnsanın çalışacak durumda olmadığı bir an gelebilir, işte o zaman geçmişteki başarılarını hatırlamanın ve ileride, engel ortadan kalktıktan sonra eskisinden de daha çalışkan ve daha düzenli çalışacağını düşünmenin tam zamanıdır. Sayın patrona çok şey borçluyum, bunu siz de çok iyi biliyorsunuz. Öte yandan anneme babama ve kız kardeşime karşı sorumluluklarım var. Zor durumdayım, ama yine düze çıkacağım. Fakat durumumu olduğundan daha fazla zorlaştırmayın. İşyerinde benden yana olun! Gezgin satıcılar sevilmez, bilirim. Bol para kazandıkları ve güzel yaşam sürdükleri düşünülür. Bu ön yargıyı tekrar gözden geçirmek için özel bir neden de yoktur. Ama siz müdür bey, siz, koşulları diğer personelden, hatta aramızda kalsın, işletme sahibi olma özelliğiyle bir çalışanın aleyhinde kolayca yanılması mümkün olan patronun kendisinden bile daha iyi görebiliyorsunuz. Ayrıca şunu da çok iyi bilirsiniz ki, tüm yılı işyerinden uzakta geçiren benim gibi biri kolayca dedikoduların, rastlantıların ve nedensiz şikâyetlerin kurbanı olabilir; ancak yolculuğunu tamamlayıp bitkin bir şekilde evine döndüğünde artık sebepleri belli bile olmayan tatsız sonuçları bedeninde hissetmeye başlayana kadar bunlardan hiç haberdar olmadığı için kendini savunması da asla mümkün değildir. Müdür bey, beni hiç değilse biraz haklı bulduğunuzu belirten bir şeyler söylemeden gitmeyin!"

Fakat müdür daha Gregor'un ilk sözleriyle birlikte ona sırtını dönmüş, şimdi ağzı açık, Gregor'a seğiren omzunun üstünden bakıyordu sadece. Gregor konuşurken bir an bile hareketsiz kalmamış, gözlerini ondan ayırmaksızın sanki odayı terk etmesini engelleyen gizli bir yasak varmış gibi, çok ağır da olsa kapıya doğru yürümeye başladı. Hole varmıştı bile; oturma odasından çıkarken yaptığı ani hareketi görenler, sanki o anda tabanının yandığını sanırlardı. Holde kendisini sanki ilahi bir kurtuluş bekliyormuş gibi sağ elini iyice merdivene doğru uzattı.

Gregor, eğer işyerindeki durumunu büyük bir tehlikeye atmak istemiyorsa, müdürü kesinlikle bu ruh hali içinde yollamaması gerektiğini biliyordu. Annesi ve babası bütün bu olup bitenleri tam olarak anlayamıyorlardı; yıllardır Gregor'un bu şirketteki yerinin ömür boyu garanti altında olduğu inancını taşımışlardı ve üstelik o andaki sorunlarla o kadar meşguldüler ki her türlü öngörüyü yitirmişlerdi. Ama Gregor bu öngörüye sahipti. Müdürün durdurulması, sakinleştirilmesi, ikna edilmesi ve sonunda da kazanılması gerekliydi; Gregor'un ve ailesinin geleceği buna bağlıydı! Keşke şimdi kız kardeşi yanında olsaydı! Akıllı bir kızdı o; Gregor daha sakin sakin, sırtüstü yatarken de ağlamıştı. Kadınlara düşkünlüğü bilinen müdürün ondan etkileneceği de kesindi; kız kardeşi burada olsaydı, evin kapısını kapatır ve müdürün korkusunu yatıştırırdı. Ama kız kardeşi burada değildi, bizzat kendisi harekete geçmek zorundaydı. Ve o andaki hareket kabiliyetini henüz hiç bilmediğinden ve konuşmalarının belki de, hatta büyük ihtimalle yine anlaşılmayacağını düşünmeden kapının kanadını bırakarak aralıktan süzüldü; iki eliyle gülünç bir şekilde tırabzana sarılmış duran müdürün yanına gitmek istedi; ama tutunacak bir yer ararken küçük bir çığlık atarak bir sürü minik bacağının üstüne yuvarlandı.

Bu olaydan sonra sabah uyandığından beri bedeninde ilk defa bir rahatlama hissetti; yere sağlam basıyordu, büyük bir sevinçle bacaklarının kendisine tamamen itaat ettiğini fark etti; hatta onu istediği yere götürmek için gayret de ediyorlardı; tüm dertlerinin yakında son bulacağına inanacaktı neredeyse. Fakat hareketlerini kontrol etmeye çalışırken yalpalayarak annesinden pek de uzak olmayan bir yerde, tam onun karşısında durdu. O ana kadar tamamen kendi içine kapanmış gibi görünen annesi ayağa fırladı, kollarını iki yana açıp parmaklarını iyice gererek çığlığı bastı: "Yardım edin! Tanrı aşkına yardım edin!"

Gregor'u daha iyi görmek istermişçesine başını yana eğmişti ama bu hareketiyle anlamsız bir çelişki içinde geri geri gitti; kurulu sofranın arkasında durduğu aklından çıkmıştı; masaya vardığında sanki unutmuş gibi aceleyle üstüne oturuverdi; hemen yanı başında içi dolu olan büyük kahvedanlığın devrildiğini fark etmedi.

Gregor alçak sesle, "Anne, anne," diyerek yukarıya doğru baktı. Bir an için müdür aklından tamamen çıkmıştı; buna karşılık yere dökülen kahvenin görünümü karşısında boşlukta bir şeyler yakalamak istercesine ağzını birkaç kere açıp kapamaktan kendini alamadı. Bunun üstüne annesi yeniden bir çığlık attı ve masadan uzaklaşarak kendisine doğru koşan kocasının kolları arasına yığıldı. Ama Gregor'un artık annesine babasına ayıracak zamanı yoktu; müdür merdivene varmıştı bile; çenesini tırabzana dayayarak son bir kez arkasına dönüp baktı. Gregor, onu yakalamak için bir hamle yaptı; müdür bir şeyler sezmiş olmalıydı ki birkaç basamağı bir kerede atlayarak gözden kayboldu; bu arada "Of!" diye bağıran sesi tüm merdiven aralığında yankılandı.

Müdürün bu kaçışı, şimdiye kadar sakince duran babayı da tamamen şaşkına çevirmişti çünkü müdürün arkasından koşmak veya hiç değilse Gregor'un onu izlemesine engel olmak yerine, sağ eliyle müdürün şapkası ve yağmurluğuyla birlikte bir iskemlenin üstüne koyduğu bastonunu yakaladı, sol eliyle de masadan büyük bir gazete alıp ayaklarını yere vurarak, elindeki baston ve gazeteyi sallayarak Gregor'u odasına geri püskürtmeye kalkıştı. Gregor'un yakarmalarının hiçbir faydası yoktu. Zaten söylediklerinden de bir şey anlaşılmıyordu. Her ne kadar saygıyla başını eğse de babası ayaklarını yere daha da şiddetle vurmaya başladı. Annesi ötede soğuk havaya rağmen pencerelerden birini açmış ve yüzünü pencereden iyice dışarıya çıkararak ellerinin arasına gömmüştü. Sokak ile merdiven aralığı arasında sert bir kurander oluştu, perdeler uçuştu, masanın üstündeki gazeteler hışırdadı, birkaç yaprak yere sürüklendi. Babası acımasızca üstüne yürüyor ve çılgın gibi tıslıyordu. Ama Gregor'un geri geri gitmekte henüz hiçbir tecrübesi yoktu, onun için çok ağır hareket ediyordu. Eğer dönme şansı olsaydı, hemen odasına girecekti, ama bu zaman alan dönme işlemiyle babasının sabrını taşırmaktan korkuyordu ve babasının elindeki bastonun her an ölümcül bir darbeyle sırtına veya kafasına inmesi tehlikesiyle karşı karşıyaydı.

En sonunda Gregor'un yapacağı hiçbir şey kalmamıştı, çünkü dehşet içinde, geri geri giderken yönünü bile bulamadığını fark etti; böylece korku içinde sürekli yan gözle babasına bakarak olabildiğince hızla, ama aslında son derece yavaş bir şekilde dönmeye başladı. Belki babası iyi niyetini fark etmişti, çünkü şimdi Gregor'u rahatsız etmediği gibi ara sıra uzaktan bastonunun ucuyla onun dönüş hareketini de yönlendiriyordu. Ah, bir de babasının bu dayanılmaz tıslaması olmasaydı! Dönmesini tamamlamasına az kalmıştı ki, kulağı hep bu seste olduğu için yeniden biraz geriledi. Gelgelelim, başı sağ salim kapı aralığına vardığında gövdesinin bu aralıktan sorunsuzca geçemeyecek kadar geniş olduğunu gördü. Gregor'un geçmesine yetecek şekilde kapının öteki kanadını da açmak, elbette içinde bulunduğu ruh hali nedeniyle babasının aklına bile gelmedi. Onun tek takıntısı, Gregor'un olduğunca çabuk odasına girmesiydi. Gregor'un doğrulmak ve belki de bu şekilde kapıdan geçmek için ihtiyaç duyacağı zahmetli hazırlıklara asla izin vermeyecekti. Aksine, ortada hiçbir engel yokmuş gibi çok fazla gürültü çıkararak Gregor'u itekliyordu. Gregor'un arkasında duyduğu ses, bir tek babasından geliyor olamazdı sanki; artık işin şakası kalmamıştı ve Gregor –ne pahasına olursa olsun– kapıdan geçmek için bir atılım yaptı. Gövdesinin bir yanı havaya kalktı; kapı aralığında yan yatıp kaldı; diğer yanı sürtünmekten yara olmuştu; beyaz kapının üstünde iğrenç lekeler bıraktı; az sonra sıkışıp kalacak ve artık tek başına hareket edemeyecek hale gelecekti; gövdesinin bir yanındaki küçük bacaklar havada titreşirken, diğer yandaki bacaklar acı içinde yere basıyordu –bu sırada babası arkasından gerçekten kurtarıcı bir darbe indirdi ve Gregor şiddetli bir kanamayla birlikte, odasının ta içine kadar uçtu. Kapı da bir baston darbesiyle çarpılıp kapatıldı. Nihayet ortalık sessizleşti.

II

Gregor, yarı baygın ağır uykusundan ancak akşam hava kararırken uyandı. Bir şey onu rahatsız etmiş olmasaydı bile zaten az sonra kendiliğinden uyanmış olacağı kesindi. Çünkü kendini yeteri kadar dinlenmiş ve uykusunu almış hissediyordu, ama sanki belli belirsiz bir ayak sesiyle ve hole açılan kapının dikkatlice kapatılmasıyla uyanmıştı. Elektrikli sokak lambalarının solgun ışığı yer yer tavana ve mobilyaların yüksek kısımlarına vuruyordu, ama Gregor'un bulunduğu alt kısımlar karanlıktı. Değerini ancak yeni yeni anlamaya başladığı duyargalarıyla çevreyi henüz beceriksizce yoklayarak neler olup bittiğini görmek için gövdesini yavaş yavaş kapıya doğru kaydırdı. Sol yanı sanki tamamen tatsız bir gerginlik hissi veren bir yarayla kaplanmıştı ve iki yanında dizili bacaklarının üstünde aksamadan yürüyemiyordu. Üstelik bacakçıklarından biri sabah yaralanmıştı –bacaklarından sadece bir tanesinin yaralanmış olması, neredeyse bir mucizeydi– ve cansız olarak ardı sıra sürükleniyordu.

Gregor, kendisini oraya aslında çekenin ne olduğunu ancak kapıya vardığında anladı; yiyecek kokusuydu bu. Çünkü kapının yanında, içinde küçük beyaz ekmek parçalarının yüzdüğü, şekerli sütle dolu bir çanak duruyordu. Sevinçten neredeyse gülecekti, çünkü karnı sabahkinden de açtı ve kafasını hemen neredeyse gözlerinin üstüne kadar süte daldırdı. Fakat az sonra hayal kırıklığıyla geri çekildi; sadece yaralanan sol yanı yüzünden yemek yemekte güçlük çektiğinden dolayı değil –çünkü ancak tüm vücudu nefes nefese işbirliği yaptığında yiyebiliyordu– aslında en sevdiği içecek olan ve kız kardeşinin de kesinlikle bu yüzden oraya koymuş olacağı sütten hiçbir tat almamıştı –neredeyse tiksinerek başını çanaktan çıkardı ve yine odanın ortasına doğru yürüdü.

Gregor'un kapı aralığından gördüğü kadarıyla oturma odasında gaz lambası yakılmıştı; normal olarak babası günün bu saatinde, annesine, bazen de kız kardeşine yüksek sesle akşam gazetelerini okurdu, oysa şimdi hiçbir ses duyulmuyordu. Belki de kız kardeşinin hep anlattığı ve mektuplarında söz ettiği bu okumalar son zamanlarda alışkanlık olmaktan çıkmıştı. Ama evin boş olmadığı kesin olsa da, ortalık çok sessizdi. Annesi ile babasına ve kız kardeşine böyle güzel bir evde, böyle bir yaşam sağlayabilmenin gururuyla, "Ailem ne kadar da sakin bir yaşam sürüyor," dedi kendi kendine. Peki ama ya şimdi bütün bu huzur, bu refah ve bu memnuniyet korkunç bir şekilde son bulursa? Kendini bu türlü düşüncelere kaptırmamak için hareket etmeyi tercih etti ve odanın içinde bir aşağı bir yukarı sürünmeye başladı.

Uzun süren akşam boyunca önce yan kapılardan biri, sonra diğeri hafifçe aralandı ve hemen yine kapatıldı; anlaşılan biri içeriye girmek istemişti, ama tedirginliği dolayısıyla karar verememişti. Gregor bunun üzerine oturma odası kapısının tam karşısına geçti, kararsız ziyaretçiyi bir şekilde içeriye çekmeye veya en azından kim olduğunu öğrenmeye kararlıydı; ama kapı ondan sonra bir daha açılmadı ve Gregor orada boşuna bekledi. Sabahleyin, kapılar sürgülüyken herkes içeriye, onun yanına gelmek istiyordu, oysa şimdi Gregor'un kapılardan birini açmış olmasına ve diğer kapıların da muhtemelen gündüz vakti açılmış olmalarına rağmen artık gelen giden yoktu, üstelik anahtarlar da kapının üzerinde duruyordu.

Oturma odasının ışığı ancak gecenin geç bir saatinde söndürüldü; anne babası ile kız kardeşinin o saate kadar yatmadıklarını anlaması zor olmadı, çünkü şimdi üçünün de parmak uçlarına basarak oradan uzaklaştıkları duyuluyordu. Artık sabaha kadar Gregor'un yanına kimsenin gelmeyeceği kesindi; demek ki, hayatını yeniden nasıl düzenleyeceğini rahatça düşünebilmesi için önünde uzun bir zaman vardı. Ama yerde dümdüz yatmaya mecbur olduğu yüksek tavanlı rahat oda, sebebini bulamasa da onu ürkütüyordu, çünkü burası onun beş yıldır içinde yaşadığı odasıydı – ve yarı bilinçsiz bir dönüşle ve biraz da utanarak hızla kanepenin altına doğru ilerledi; burada sırtı biraz sıkışsa da, başını artık doğrultamasa da kendini birden çok rahatlamış hissetti ve sadece gövdesinin tümüyle kanepenin altına sığmayacak kadar geniş olmasına üzüldü.

Bütün geceyi, kısmen açlıktan ikide bir uyandığı yarı uyku halinde, kısmen de kaygılar ve belirsiz umutlar içinde kanepenin altında geçirdi; bu umutların hepsi aynı sonuca götürüyordu; şimdilik sakin olmalı, sabır ve olabildiğince anlayışla, içinde bulunduğu durum yüzünden ailesinin başına istemeden açtığı tatsızlıkları göğüslenebilir kılmalıydı.

Sabaha karşı, ama henüz gece sayılırken, Gregor'a az önce aldığı kararların gücünü sınama olanağı doğdu, çünkü kız kardeşi neredeyse tamamen giyinik bir halde hol tarafından kapıyı açtı ve gergin bir merakla içeriye baktı. Gregor'u hemen bulamadı –Tanrım, bir yerlerde olması lazımdı, uçup gitmemişti ya– fakat kanepenin altında olduğunu görünce öyle bir ürktü ki, kendine hakim olamayarak kapıyı yine hızla çarptı. Fakat sonra sanki davranışından pişman olmuş gibi kapıyı hemen tekrar açtı ve ağır hasta veya hatta yabancı birinin yanına girer gibi parmaklarının ucuna basa basa içeriye girdi.

Gregor başını kanepenin neredeyse ucuna kadar itebilmişti ve kız kardeşini seyrediyordu. Acaba karnı aç olmasına rağmen süte dokunmadan olduğu gibi bıraktığını fark edebilecek ve Gregor'a daha uygun bir yiyecek getirecek miydi? Eğer kız kardeşi bunu kendiliğinden yapmazsa, onun dikkatini çekmek yerine açlıktan ölürdü daha iyi ama kanepenin altından çıkarak kız kardeşinin ayaklarına kapanmayı ve kendisine yiyecek iyi bir şeyler getirmesini rica etmeyi öyle istiyordu ki. Kız kardeşi, kâseden etrafa sadece birkaç damla süt döküldüğünü, bunun dışında kâsenin ağzına kadar dolu olduğunu şaşırarak fark etti ve elini sürmeden bir bez parçasıyla kâseyi yerden alıp dışarıya çıkardı. Gregor, kız kardeşinin süt yerine ne getireceğini çok merak ediyordu ve bu konuda çeşitli tahminlerde bulundu. Ama iyi yürekli kız kardeşinin gerçekte yapmış olduğunu asla tahmin edemezdi. Gregor'un damak zevkini sınamak için hepsini eski bir gazetenin üstüne yaydığı çeşit çeşit yiyecek getirmişti; yarı yarıya çürümüş bayat sebze, katılaşmış beyaz sosuyla akşam yemeğinden kalma bir kemik, birkaç tane kuru üzüm ve badem; Gregor'un iki gün önce bu yenmez dediği bir peynir parçası; kuru bir ekmek ve tereyağlı, tuzlu bir ekmek. Ayrıca bütün bunların yanına herhalde sadece Gregor'un kullanımına ayrılmış olan bir kabın içine biraz su da koymuştu. Gregor'un kendisinin önünde yemeyeceğini bildiği için incelik göstererek aceleyle odadan çıktı ve hatta istediği gibi rahat yiyebilsin diye de kapıyı kilitledi.

Yemeğe doğru ilerlerken Gregor'un küçücük cılız bacakları birbirine dolanıyordu. Yaraları da tamamen iyileşmiş olmalıydı ki bir engel hissetmedi; bu duruma şaşırdı ve bir ay önce parmağını bıçakla hafifçe kestiğini ve bu yaranın daha evvelsi güne kadar ne kadar acıdığını aklından geçirdi. "Acaba hassasiyetim mi azalmış?" diye düşünürken diğer yiyeceklerin arasında öncelikle ve ısrarla iştahını uyandıran peyniri tırtıklamaya başlamıştı bile. Birbiri ardından, hızla ve mutluluktan akan gözyaşları arasında peyniri, sebzeleri ve sosu silip süpürdü; buna karşın taze yiyeceklerden bir tat almıyordu, onların kokusuna bile tahammül edemiyordu, hatta yemek istediği şeyleri de biraz ileriye doğru itti. Kız kızkardeşi, Gregor'a geri çekilmesi gerektiğini belli etmek için anahtarı ağır ağır çevirdiğinde o işini çoktan bitirmiş, tembel tembel aynı yerde yatıyordu. Neredeyse uykuya dalmak üzere olmasına rağmen Gregor irkildi ve hızla kanepenin altına doğru çekildi. Ama kız kardeşinin odada bulunduğu kısa süre boyunca bile kanepenin altında kalmak Gregor'a büyük bir çabaya mal oldu, çünkü aşırı yemekten karnı şişmişti ve o daracık yerde zor nefes alıyordu. Küçük boğulma nöbetleri arasında ve biraz da dışarı fırlamış gözlerle, hiçbir şeyin farkında olmayan kız kardeşinin bir süpürgeyle sadece yemek artıklarını değil, Gregor'un henüz hiç dokunmadığı yiyecekleri de, sanki onlar artık işe yaramayacakmış gibi süpürdüğünü ve aceleyle bir kovaya doldurup üstüne tahta bir kapak kapatarak dışarıya taşımasını izledi. Kız kardeşi arkasını döner dönmez Gregor kanepenin altından fırladı ve gerine gerine geğirdi.

Gregor'a her gün bu şekilde iki kere yemek veriliyordu; bir kere sabahları, annesi, babası ve hizmetçi kız henüz uyurlarken, bir kere de birlikte yenen öğle yemeğinden sonra. Çünkü o saatlerde annesi ve babası her zamanki gibi kısa bir şekerleme yapıyor, kız kardeşi de hizmetçi kızı bir şey alma bahanesiyle dışarıya yolluyordu. Gregor'un açlıktan ölmesini onlar da istemezdi elbette, ama yemek konusunda kulaktan duyma bilgilerden fazla bir şey görmeye dayanamazlardı. Belki de kız kardeşi onları bu küçük kaygılardan uzak tutmak istiyordu, çünkü yeterince üzülmüşlerdi gerçekten de.

O ilk sabah çilingirin ve doktorun hangi bahanelerle evden uzaklaştırıldığını Gregor hiç öğrenemedi, çünkü söyledikleri anlaşılmadığı için onun kendilerini anlayabileceği de hiç kimsenin hatta kız kardeşinin bile aklına gelmiyordu ve kız kardeşi odasına geldiğinde sadece arada iç çekişlerini ve azizlere yakarışını dinlemek zorunda kalıyordu. Ancak sonraları, kız kardeşi her şeye biraz alıştıktan sonra –tamamen alışmış olması elbette asla söz konusu olamazdı– Gregor ara sıra onun sevecen sayılabilecek veya öyle yorumlanabilecek bazı sözlerini yakalıyordu. Eğer Gregor yemekleri silip süpürmüşse, "Bugün yemeği beğenmiş," diyordu, ama aksi durumlarda, ki bu giderek daha sık tekrarlanıyordu, kederle şöyle söyleniyordu: "Hiçbir şeyi ellememiş yine."

Gregor doğrudan doğruya bir şey öğrenemese de, yan odalara kulak kabartarak bazı şeyler duyduğu oluyordu ve nereden bir ses duysa hemen o tarafın kapısına koşup tüm gövdesiyle kapıya dayanıyordu. Özellikle ilk zamanlarda, gizlice de olsa, bir şekilde onun adının geçmediği tek bir konuşma bile olmuyordu. İki gün boyunca bütün yemeklerde, şimdi nasıl davranmaları gerektiği konusunu tartıştıklarını duydu; ama yemek aralarında da hep aynı konu konuşuluyor. Çünkü, herhalde kimse evde yalnız başına kalmak istemediğinden ve evi de tamamen boş bırakamayacaklarına göre, ailenin en azından iki üyesi sürekli evde kalıyordu. Hizmetçi kız da daha ilk günden –ne olup bittiğini bilip bilmediği ve ne kadarını bildiği tam belli değildi– dizlerinin üstüne çökerek derhal işten çıkarılması için anneye yalvarmış ve bundan çeyrek saat sonra evdekilerle vedalaşırken, gitmesine izin verildiği için sanki kendisine bu evde yapılan en büyük iyilik buymuş gibi gözyaşları içinde teşekkür etmiş ve kendisinden böyle bir şey istenmemesine rağmen hiçbir kimseye en ufak bir şey söylemeyeceğine dair yemin etmişti.

Şimdi kız kardeşi, annesiyle birlikte yemek yapmaya da mecburdu; ancak bunun çok zahmetli olduğu söylenemezdi çünkü evde doğru dürüst yemek yiyen yoktu. Gregor sürekli olarak birinin diğerini boş yere yemeğe çağırdığını ve "Teşekkür ederim, karnım tok," veya benzeri bir cevap aldığını duyuyordu. Galiba hiç içki de içilmiyordu. Kız kardeşi sık sık babasına bira isteyip istemediğini soruyordu ve içtenlikle, gidip alayım, diye teklif ediyordu ve babasından bir ses çıkmayınca hiçbir tereddüdü kalmasın diye kapıcı kadını da yollayabileceğini söylüyordu, ama sonunda babası kocaman bir

"Hayır" deyince bu konu artık konuşulmuyordu.

Baba daha ilk günden hem anneye, hem de kız kardeşe maddi durumlarını ve beklentilerini tümüyle açıklamıştı. Arada bir sofradan kalkıyor ve beş yıl önce iflas eden şirketinden kurtardığı Wertheim marka kasasındaki herhangi bir belgeyi veya bir not defterini bulup getiriyordu. Karmaşık kilidi açışı ve aradığını bulduktan sonra tekrar kapatışı işitiliyordu. Babanın bu açıklamaları, Gregor için tutsaklığından beri kısmen duyduğu ilk sevindirici haberlerdi. O işten, babasının elinde hiçbir şey kalmadığını düşünüyordu, en azından babası bunun aksine bir şey söylememişti ve Gregor da ona bir şey sormamıştı. O zamanlardaki tek kaygısı, herkesi bütünüyle umutsuz kılan bu talihsizliği elinden geldiğince çabuk unutturmaktı. Böylece özel bir şevkle çalışmaya başladı ve çabucak basit bir tezgâhtarlıktan çıkarak, çok farklı para kazanma imkânlarına sahip bir gezgin satıcı oldu. İşindeki başarısı, hemen primler halinde nakite dönüştüğünde de, bu parayı şaşkınlık ve mutluluk içerisindeki ailesine sunuyordu. Bunlar çok güzel zamanlardı, Gregor sonraları tüm ailenin masraflarını karşılayabilecek ve gerçekten de para kazanacak duruma gelmesine rağmen bugünler asla aynı görkemle tekrarlanmayacaktı. Herkes, hem aile hem de Gregor bu duruma alışmıştı artık aile parayı minnetle kabul ediyordu ve Gregor da seve seve veriyordu ama aralarında bir daha özel bir sıcaklık oluşmadı. Sadece kız kardeşi Gregor'a hâlâ sıcak davranıyordu ve kendisinden farklı olarak müziği çok seven ve etkileyici şekilde keman çalan kız kardeşini, büyük masraflara rağmen, ki bunlar da bir şekilde ödenebilirdi, konservatuvara yollamak Gregor'un gizli planıydı. Şehirde bulunduğu kısa süre zarfında kız kardeşiyle yaptığı konuşmalarda, gerçekleşmesi hayal edilemeyecek güzel bir düş olarak hep konservatuvarın sözü geçerdi; annesi ile babası bu masum konuşmaları bile duymaktan hoşlanmıyorlardı; oysa Gregor, bu konuda çok ciddiydi ve Noel gecesi bu kararını resmen açıklamak niyetindeydi.

Dimdik kapıya yapışmış, dışarıda konuşulanları dinlerken, o andaki durumunda hiçbir yararı olmayacak düşünceler geçiyordu aklından. Bazen üstündeki genel yorgunluktan dolayı artık kulak kabartamayacak hale geliyor ve kafasını gelişigüzel kapıya çarpıyordu, ama sonra hemen kaldırıyordu, çünkü bu küçük gürültü bile yan taraftan duyuluyor ve herkes susuyordu. Az sonra babası, herhalde kapıya doğru dönerek, "Acaba şimdi yine ne işler karıştırıyor?" dedi ve yarıda kesilen konuşmalar yavaş yavaş yeniden başladı.

Gregor artık yeterince bilgi sahibi olmuş ve bütün şanssızlıklara rağmen, dokunulmayan faizlerle birlikte biraz çoğalan, eskiden kalma bir paranın hâlâ durduğunu öğrenmişti. Çünkü babası yaptığı açıklamaları, kısmen bu tür konularla uzun zamandır ilgilenmediğinden, kısmen de annesi söylenenleri ilk defasında anlayamadığından sık sık tekrarlıyordu.

Ayrıca Gregor'un her ay eve getirdiği para –kendine sadece birkaç florin ayırmıştı– da sonuna kadar harcanmamış ve küçük bir sermaye oluşmuştu. Gregor bu şaşırtıcı tedbirlilik ve tutumluluk karşısında sevinerek kapısının arkasında başını salladı. Aslında bu fazladan paralarla babasının patronuna olan borcunu ödemeye devam edebilir ve bu işten kurtulacağı gün daha yaklaşmış olabilirdi, ama şimdi babasının kurduğu düzen şüphesiz daha iyiydi.

Ne var ki bu para, faiziyle aileyi geçindirmeye kesinlikle yeterli değildi; olsa olsa bir, belki en fazla iki yıl idare ederdi, daha fazla değil. Bu, aslında dokunulmaması gereken ve sadece acil durumlarda kullanılacak bir meblağdı; geçim için gerekli para ayrıca kazanılmalıydı. Ama baba, sağlığı yerinde de olsa, yaşlı bir adamdı ve beş yıldan beri hiçbir işte çalışmamıştı ve ondan fazla bir şey beklememek gerekiyordu; zahmetli olmasına karşın başarısız hayatının ilk tatili olan bu beş yıl boyunca çok yağ bağlamış ve bu yüzden iyice ağırlaşmıştı. Öyleyse evde bile dolaşırken yeterince zorlanan ve günaşırı, nefes darlığı yüzünden tüm günü açık pencerenin karşısındaki kanepede geçiren astımlı yaşlı annesi mi çalışacaktı? Yoksa on yedi yaşında hâlâ çocuk sayılan ve güzel giyinmek, uzun uzun uyumak, ev işlerine yardım etmek, sıradan birkaç eğlenceye katılmak ve öncelikle de keman çalmaktan ibaret olan şimdiye kadarki hayatını öylesine hak eden kız kardeşi mi para kazanacaktı? Ne zaman bu para kazanma gerekliliği konusu açılsa Gregor her seferinde önce kapıyı bırakıyor ve sonra kendini kapının yanındaki serin deri koltuğa atıyordu. Çünkü utanç ve üzüntüden tüm gövdesini ateş basıyordu.

Çoğu zaman uzun geceler boyunca orada yatıyor, bir dakika bile gözünü kırpmadan saatlerce deri koltuğun üzerinde debelenip duruyordu. Veya ağır zahmetlere girerek koltuğu pencereye doğru itiyor sonra pencerenin pervazına tırmanıp koltuğa dayanıyor ve camdan dışarıyı seyrediyordu, belli ki bir zamanlar pencereden bakmanın onun için ifade ettiği özgürleşmeyi anımsıyordu. Çünkü gerçekten de günden güne, fazla uzakta olmayan şeyleri bile daha bulanık görmeye başlamıştı; eskiden çok sık gördüğünden lanet ettiği, evinin karşısındaki hastaneyi artık hiç göremiyordu. Ve eğer şehrin tam merkezinde olmasına rağmen sakin Charlotten Caddesi'nde oturduklarını bilmeseydi, penceresinden birbirine karışan gri gök ile gri toprağın zor ayırt edildiği bir ıssızlığa baktığını sanabilirdi. Dikkatli kız kardeşin, koltuğun pencerenin önünde durduğunu iki kez görmesi yetmişti ve odayı topladıktan sonra her seferinde o da koltuğu yine tam pencerenin önüne itmiş, hatta o zamandan sonra pencerenin iç kanadını da açık bırakmıştı.

Gregor kız kardeşiyle konuşabilseydi ve kendisi için yapmak zorunda kaldığı şeylere teşekkür edebilseydi, o zaman bu hizmetleri karşısında bu denli ezilmeyecekti, ama bu duruma çok üzülüyordu. Kız kardeşi, bütün olup bitenin verdiği eziyeti mümkün olduğunca silmeye çalışıyor ve aradan zaman geçtikçe daha başarılı oluyordu, fakat Gregor da, zamanla her şeyi daha iyi kavramaya başlamıştı. Kız kardeşinin odaya girmesi bile ürkütücü bir olaydı. Daha odaya girer girmez, Gregor'un odasını kimsenin görmemesine çok dikkat etmesine rağmen, kapıyı kapatmakla zaman geçirmeden dosdoğru pencereye koşuyor ve sanki boğulmak üzereymiş gibi aceleyle camı açıp, hava ne kadar soğuk olursa olsun, bir süre camın önünde durarak derin derin nefes alıyordu. Bu koşuşturması ve patırtısıyla onu her gün iki kez ürkütüyordu; bu arada Gregor kanepenin altında titreyip duruyor ve eğer kız kardeşinin onun bulunduğu bir odada pencereleri kapalı tutma imkânı olsaydı Gregor'u bundan mahrum etmeyeceğini de çok iyi biliyordu.

Gregor'un dönüşümünden sonra aradan herhalde bir ay geçmiş olmalıydı ve artık kız kardeşinin onun görünüşüne şaşıracak özel bir sebebi de yoktu. O gün her zamankinden biraz erken geldi ve Gregor'u hareket etmeden ve ürkütücü bir şekilde dikilmiş, pencereden dışarıya bakarken yakaladı. Kız kardeşi içeriye girmeseydi Gregor buna hiç şaşırmayacaktı çünkü durduğu konum itibarıyla pencereyi hemen açmasına engel olmaktaydı. Ama kız kardeşi sadece içeriye girer girmez irkildi ve hemen geri çıkıp ardından kapıyı kapattı; yabancı biri görse Gregor'un pusuya yattığını ve onu ısırmak istediğini düşünebilirdi. Gregor hemen kanepenin altına saklandı, fakat kız kardeşinin tekrar odaya gelmesi öğlen saatlerini buldu, üstelik kız bu sefer her zamankinden daha tedirgindi. Gregor, kız kardeşinin onun görünümüne katlanamadığını ve ileride de katlanamayacağını, vücudunun kanepenin altından taşan küçük bir bölümünü bile gördüğünde oradan kaçmamak için büyük bir çaba harcadığını fark etti. Kız kardeşini bu görünümden de esirgemek amacıyla günün birinde çarşafı sırtında kanepeye taşıdı –bu işi yapması dört saat sürdü– ve çarşafı, her tarafını örtecek ve kız kardeşi eğilecek bile olsa onu göremeyecek şekilde kanepenin üzerine yerleştirdi. Kız kardeşi bu örtüyü gereksiz bulmuş olsaydı oradan kaldırabilirdi, çünkü Gregor'un kendisini keyif olsun diye tamamen hapsetmediği besbelliydi, ama çarşafı olduğu yerde bıraktı, hatta Gregor kız kardeşinin bu yeni düzenlemeyi nasıl bulduğunu anlamak için çarşafı başıyla azıcık kaldırdığında kızın gözlerinde minnet dolu bir bakış görür gibi oldu.

İlk on dört gün boyunca annesi ve babası yanına girmeyi göze alamadı, önceleri hiçbir işe yaramadığını düşündükleri için kız kardeşine öfkelenirken, Gregor şimdi onların, kızın yapmakta olduğu işi tamamen takdir ettiklerini sık sık işitiyordu. Kız kardeşi odayı toplarken annesi ile babası kapının önünde bekliyorlardı ve dışarı çıkar çıkmaz onlara odanın durumunu, Gregor'un ne yediğini, bu sefer nasıl davrandığını, küçük bir iyileşme olup olmadığını, kısaca her şeyi anlatmak zorunda kalıyordu. Ayrıca annesi çok yakın bir zamanda Gregor'u ziyaret etmek istiyordu, fakat babası ve kız kardeşi makul nedenlerle onu engelliyorlardı. Gregor konuşmaları büyük bir dikkatle dinliyor ve tamamen onaylıyordu. Fakat sonraları, "Bırakın beni, Gregor'un yanına gireceğim, o benim talihsiz oğlum! Yanında olmam gerektiğini anlamıyor musunuz?" diye bağırdığında, onu güç kullanarak durdurmak zorunda kaldılar. O zaman Gregor, annesi içeriye girerse belki daha iyi olur diye düşünmeye başladı, tabii her gün olmasa da belki haftada bir kere; annesi her şeyi kız kardeşinden daha iyi anlıyordu, kız kardeşi tüm cesaretine rağmen hâlâ bir çocuktu ve aslında belki de çocuksu saflığından dolayı böylesine zor bir görevi üstlenmişti.

Gregor'un annesini görme arzusu kısa sürede gerçekleşti. Anne ve babasını düşünerek gündüzleri pencerenin önünde görünmek istemiyordu, ama birkaç metrekarelik zeminde dolaşacak pek fazla yer de yoktu, kıpırdamadan yatmak ona geceleri bile zor geliyordu, yemekten en ufak bir zevk almaz olmuştu ve böylece oyalanmak için duvarlarda ve tavanda oradan oraya gezinmeyi alışkanlık haline getirdi. Özellikle yukarıda, tavanda asılı durmaktan hoşlanıyordu; yerde yatmaktan çok farklıydı bu; daha rahat nefes alıyor, gövdesi hafifçe sallanıyordu ve tavandayken bazen neredeyse mutlu sayılabileceği bir dalgınlık anında tutunmayı unutup kendisini

de şaşırtacak biçimde pat diye yere düştüğü oluyordu. Fakat tabii şimdi artık vücuduna eskisinden daha hakimdi ve böylesine büyük bir düşme durumunda bile bir tarafına zarar vermiyordu. Kız kardeşi, Gregor'un kendine bulduğu bu yeni eğlenceyi hemen fark etti –çünkü sürünürken orada burada vücudundaki yapışkan maddenin izleri kalıyordu– ve Gregor'un sürünmesini mümkün olduğunca kolaylaştırmak için ona engel olan eşyaları, özellikle de sandığı ve yazı masasını odadan kaldırmayı kafasına koydu. Ama bu işi tek başına yapamazdı. Babasından yardım istemeye cesaret edemiyordu, hizmetçi kızın da ona yardım etmeyeceği kesindi, çünkü on altı yaşındaki bu kız, eski aşçı kadın işten çıktığından beri kahramanca dayanıyordu, ama mutfak kapısının sürekli kapalı tutulmasını ve sadece özel olarak çağrıldığında kapıyı açmak gibi bir ayrıcalığın kendisine tanınmasını rica etmişti; bu durumda kıza, bir gün babası evde yokken annesini çağırmaktan başka yapacak bir şey kalmamıştı. Annesi sahiden de sevinç çığlıkları atarak geldi, ama Gregor'un kapısının önüne geldiğinde susup durdu. Tabii önce kız kardeş odanın düzenli olup olmadığını kontrol etti; ancak ondan sonra annesinin içeriye girmesine izin verdi. Gregor, çarşafı telaşla daha aşağıya çekmiş ve daha kırıştırmıştı; görünürde tesadüfen kanepenin üstüne atılıvermiş bir örtü vardı. Gregor çarşafın altından casusluk yapmayı bıraktı ve daha bu ilk seferde annesini görmekten vazgeçti, annesinin gelmiş olması bile onu sevindirmeye yeterliydi. Kız kardeşi, "Haydi gel, görünmüyor şimdi," derken annesinin elinden tutarak onu yönlendirdiği belliydi. Gregor, iki güçsüz kadının ağır sandığı yerinden oynattıklarını, kızının aşırı yorulmasından çekinen annenin ikazlarına rağmen işin büyük kısmını kızın üstlendiğini duyuyordu. Uzun uzun uğraştılar. Tahminen çeyrek saatlik bir çalışmadan sonra anne sandığı yerinde bırakmanın daha iyi olacağını, çünkü bir kere sandığın çok ağır olduğunu ve baba eve dönmeden önce bu işi bitiremeyeceklerini ve sandık odanın ortasında kalacak olursa Gregor'un bütün geçiş yollarını kapatmış olacaklarını söyledi, ayrıca eşyalarını odadan çıkarmakla Gregor'a iyilik edecekleri de kesin değildi. Anneye göre bunun aksi söz konusuydu, boş duvara baktığında içi burkuluyordu. Odasının eşyalarına alışmış olan ve bu yüzden de boş odada kendini terk edilmiş gibi hissedecek olan Gregor da aynı duygulara kapılabilirdi. "Ve ayrıca," diye anne neredeyse fısıldayarak konuştu, tam olarak nerede saklandığını bilmediği Gregor'un sözlerini zaten anlamayacağından emin, sesinin tınısını bile duymasını istemiyormuş gibiydi:

"Eşyaları odadan çıkarırsak o zaman iyileşeceğine dair tüm umudumuzu kaybettiğimizi ve onu acımasızca kendi haline bıraktığımızı göstermiş olmaz mıyız? Bence odayı aynen eski halinde bırakalım ki Gregor bize döndüğünde hiçbir şeyin değişmediğini görsün ve bu arada olup bitenleri daha kolay unutsun."

Gregor, annesinin bu sözlerini dinlerken, insanlarla doğrudan konuşmaktan yoksun kalması ile ailenin arasında sürdürdüğü tekdüze yaşam bir araya gelince son iki ay boyunca aklının iyice karışmış olması gerektiğini düşündü, çünkü odasının boşaltılmasını ciddi olarak istemiş olmasını başka türlü açıklayamıyordu. Aile yadigârı mobilyalarla zevkle döşenmiş bu sıcacık odayı, hem hiç engellenmeden, hem de aynı zamanda insani geçmişini hızla ve tümüyle unutarak dolaşabileceği bir mağaraya dönüştürmeyi gerçekten istiyor muydu? Yoksa daha şimdiden insanlığını unutmak üzereydi de annesinin çoktandır duymadığı sesiyle mi kendine gelmişti? Odadan hiçbir şey çıkarılmamalı, her şey yerinde kalmalıydı. Eşyaların, onun durumu üzerine yaptığı olumlu etkilerden vazgeçemezdi ve eğer eşyalar, onun anlamsızca ortalıkta dolanmasına engel oluyorsa bunun zararı değil, aksine büyük yararı vardı.

Ama kız kardeşi ne yazık ki aynı fikirde değildi; Gregor konusunda, anne ve babasının karşısında yetkili bir uzman gibi davranmaya alışmıştı –çok haksız da sayılmazdı– ve böylece annesinin önerisi, kendisinin de ilk başta planladığı gibi sadece sandığı ve yazı masasını değil, vazgeçilmesi söz konusu olmayan kanepe dışındaki diğer tüm eşyaların odadan çıkarılmasında direnmesi için yeterli bir neden oldu. Onu bu nedene sürükleyen sadece çocukça inadı ve son zamanlarda hiç beklenmedik bir şekilde güçlükle elde ettiği özgüveni değildi elbette; gerçekten de Gregor'un dolanmak için daha geniş alana gereksinimi olduğunu, buna karşılık görebildiği kadarıyla mobilyaları hiç kullanmadığını gözlemlemişti. Ama belki de onun yaşındaki bir kızın her fırsatta kendini ispat etme peşinde koşan heyecanlı ruhunun da rolü vardı ve Grete, Gregor'un durumunu daha ürkütücü göstererek kardeşi için şimdi olduğundan da fazla bir şeyler yapabilmeyi istiyordu. Çünkü muhtemelen Gregor'un tek başına boş duvarlara hakim olduğu bir odaya girmeye Grete'den başka hiç kimse cesaret edemeyecekti.

Ve Grete böylece annesine uyup da kararından vazgeçmedi; bu odadayken bile kendini huzursuz, güvensiz hisseden annesi az sonra karşı koymayı bırakarak sandığın taşınmasında elinden geldiğince ona yardım etti. Gregor, gerekirse sandıktan belki feragat edebilirdi, ama yazı masası kalmalıydı. Ve kadınlar, oflaya puflaya ittikleri sandıkla beraber kapıdan dışarıya çıkar çıkmaz, Gregor dikkatlice ve imkân ölçüsünde incelikle duruma nasıl müdahale edebileceğini görmek için kanepenin altından başını uzattı. Ama Grete yan odada sandığı yerinden bile kıpırdatamadan sağa sola itekleyip dururken şanssızlık eseri, odaya ilk önce annesi girdi. Ancak annesi Gregor'un o görünümüne alışık değildi, kendisini görünce fenalaşacağından korkan Gregor panik içinde aceleyle kanepenin öbür köşesine doğru geri geri çekildi ama çarşafın ön kısmının biraz kıpırdamasına engel olamadı. Bu, annenin dikkatini çekmek için yeterliydi. Anne durakladı,. bir an sessiz kaldı ve sonra Grete'nin yanına döndü.

Gregor kendi kendine sürekli olağanüstü bir durum olmadığını, sadece birkaç mobilyanın yer değiştirdiğini tekrarlasa da, kadınların bu sağa sola koşuşturmalarından, aralarındaki konuşmalardan, mobilyaların zeminde sürülmesinden, az sonra kabullenmek zorunda kalacağı gibi her yandan beslenen büyük bir karmaşanın ortasında kalmış gibi etkileniyordu ve her ne kadar başını ve bacaklarını iyice kendine doğru çekip bedenini yere iyice bastırsa da bütün bu olanlara daha fazla dayanamayacağını itiraf etmek zorunda kaldı. Odasını boşalttılar; sevdiği ne varsa aldılar. İçinde oyma testeresinin ve diğer aletlerin durduğu sandığı dışarıya çıkarmışlardı zaten; şimdi de yüksek ticaret okuluna, liseye, hatta ilkokula giderken üzerinde ödevlerini yaptığı, ayakları yere sabit yazı masasının vidalarını gevşetiyorlardı. Artık iki kadının iyi niyetlerini sorgulayacak vakti kalmamıştı, ayrıca da onların varlıklarını neredeyse unutmuştu bile, çünkü kadınlar yorgunluktan hiç sesleri çıkmadan iş görüyorlardı ve sadece hantal adımları duyuluyordu.

Ve Gregor böylece yerinden çıktı –kadınlar o sırada yan odada biraz soluklanmak için yazı masasına yaslanmışlardı– dört kere gittiği yönü değiştirdi, ilk olarak neyi kurtarması gerektiğini gerçekten bilmiyordu, o arada artık tamamen boş kalan duvarda dikkat çeken, kürklere bürünmüş kadın resmini gördü, hızla yukarı tırmanarak gövdesini, hem kenarına tutunabildiği hem de sıcak karnına iyi gelen cama yapıştırdı. Hiç değilse, Gregor'un şimdi gövdesiyle tamamen kapladığı bu resmi, kimsenin kesinlikle elinden alamayacağı kesindi. Kadınların geri dönüşlerini görmek için başını oturma odasının kapısına doğru çevirdi.

Dinlenmeyi fazla uzatmak istememişler, geri geliyorlardı, Grete annesine sarılmış ve onu adeta kollarında taşıyordu. "Peki şimdi neyi çıkaracağız?" diye sordu Grete ve etrafına bakındı. O anda bakışları duvardaki Gregor'un bakışlarıyla karşılaştı. Herhalde annesi yanında olduğu için soğukkanlılığını koruyabildi, etrafa bakınmaması için yüzünü annesine doğru eğdi ve tir tir titreyerek, ne söylediğini düşünmeden konuştu: "Gel, yine biraz oturma odasına gidelim istersen." Gregor, Grete'nin niyetini anlamıştı, anneyi emniyete aldıktan sonra onu duvardan aşağıya kovalayacaktı. İsterse denesindi bakalım! Gregor resmin üstüne yerleşmişti ve onu kimseye vermeye niyeti yoktu. Resminden olmaktansa Grete'nin yüzüne atılmayı tercih ederdi.

Ne var ki Grete'nin sözleri annesini rahatlatmak yerine tedirgin etmişti, kenara doğru çekildi, çiçekli duvar kâğıdının üstündeki kocaman kahverengi lekeyi fark etti ve gördüğünün Gregor olduğunu algılamadan önce çığlığı andıran çatlak bir sesle: "Aman Tanrım! Aman Tanrım!" diye haykırdı ve artık her şeyden vazgeçmiş gibi kollarını iki yana açarak kanepeye yığılıp hareketsiz kaldı. Kız kardeşi, yumruğunu havaya kaldırıp sert sert bakarak, "Bana bak, Gregor!" diye bağırdı.

Dönüşüm olayından beri Gregor'a doğrudan doğruya yönelttiği ilk sözlerdi bunlar. Annesini ayıltacak bir koku bulmak için yan odaya gitti; Gregor da ona yardım etmek istedi –resmi kurtarmak için daha zamanı vardı– ama cama sımsıkı yapışmıştı ve kendini camdan ancak zorlukla ayırabildi, sonra kız kardeşine eskiden olduğu gibi öğüt verebileceğini sanarak o da yan odaya koştu. Fakat sonra kız kardeşi çeşitli şişelerin arasında eşinip dururken, o hiçbir şey yapmadan beklemek zorunda kaldı. Üstelik arkasına döndüğünde kızın korkmasına neden oldu ve şişelerden biri yere düşerek kırıldı, bir cam parçası Gregor'un yüzünü yaraladı, üzerine de asitli bir sıvı döküldü.

Grete daha fazla oyalanmadan taşıyabileceği kadar şişecik aldı ve annesinin yanına koştu, kapıyı da ayağıyla iterek kapattı. Gregor şimdi, belki de onun yüzünden ölmek üzere olan annesinden uzakta, odada kapalı kalmıştı ve annesinin yanında kalması gereken kız kardeşini ürkütmek istemiyorsa kapıyı açmamalıydı. Artık beklemekten başka bir çaresi kalmamıştı, kendini suçlayarak ve sıkıntı içinde etrafta gezinmeye başladı. Her şeyin üzerinde dolaştı; duvarlarda, mobilyalarda, tavanda ve sonunda bütün oda etrafında dönmeye başlayınca çaresizlik içinde büyük masanın ortasına düşüp kaldı.

Aradan biraz zaman geçti, Gregor hareketsiz yatıyordu, etrafta her şey sessizdi, belki bu iyi bir işaretti. O sırada zil çaldı. Hizmetçi kız kuşkusuz kendini mutfağa kilitlemişti ve kapıyı açmaya mecburen Grete gidecekti. Gelen babasıydı. İlk sözleri: "Neler oluyor burada?" diye sormak oldu. Anlaşılan Grete'nin yüzünü görünce her şeyi anlamıştı. Grete boğuk bir sesle cevap verdi, galiba yüzünü babasının göğsüne gömmüştü: "Annem bayıldı, ama şimdi daha iyi. Gregor odasından kaçtı." "Bunu bekliyordum zaten," diye karşılık verdi babası, "size hep söyleyip duruyordum zaten, ama beni anlamak istemediniz."

Babasının Grete'nin kısa açıklamasını yanlış anladığı ve Gregor'un zor kullandığını zannettiği belliydi. Öyleyse Gregor şimdi babasını yatıştırmak zorundaydı, çünkü onu aydınlatmak için ne zamanı vardı ne de imkânı. Ve böylece odasının kapısının önüne doğru kaçtı ve babası holden içeriye girdiğinde, Gregor'un niyetinin hemen odasına dönmek olduğunu, onu kovalamaya gerek olmadığını, aksine kapıyı açmanın onun ortalıktan kaybolmasına yeteceğini anlasın diye iyice kapıya yaslandı.

Ama babası, böyle incelikleri fark edecek durumda değildi. İçeri girer girmez aynı anda hem öfkelenmiş, hem de memnun olmuş gibi bir ses tonuyla, "Ah!" diye bağırdı. Gregor kafasını kapıdan çekti ve babasına doğru kaldırdı. Doğrusu babasını bu halde göreceği hiç aklına gelmemişti, elbette son zamanlardaki yeni uğraşı olan sürünerek etrafta dolanması yüzünden evin diğer bölümlerinde olup bitenlerle eskisi kadar ilgilenmeyi ihmal etmişti ve aslında değişik durumlarla karşılaşmaya hazırlıklı olmuş olması gerekirdi. Ama yine de, yine de bu adam babası mıydı gerçekten? Eskiden Gregor bir iş yolculuğuna çıktığında yorgun argın yatağına gömülen, eve döndüğü akşamlar oğlunu robdöşambrla koltukta uzanmış olarak karşılayan, ayağa bile kalkacak hali olmayan, sevincini ancak kollarını kaldırarak gösteren, yılda birkaç pazar ve en önemli bayram günlerinde ailece yaptıkları ender gezintilerde, zaten yavaş yürüyen Gregor ile annesinin arasında eski paltosuna sarınmış, yere hep dikkatle bastırdığı bastonuyla onlardan daha ağır giden, bir şey söylemek istediğinde hemen yürümeyi kesen ve çevresindekileri etrafına toplayan adam ile bu adam aynı insan mıydı? Oysa şimdi dimdik karşısında duruyordu. Sırtında, bankalardaki odacıların giydiği cinsten parlak sarı düğmeli, sımsıkı üstüne oturan mavi bir üniforma vardı. Ceketinin yüksek sert yakasının üstünden o haşmetli çifte gerdanı sarkıyordu, gür kaşlarının altındaki siyah gözleri canlı ve keskindi. Eskiden darmadağınık olan beyaz saçları ortadan ayrılmış, son derece düzgün taranmış ve pırıl pırıldı.

Babası, üstüne yaldızlı bir marka –herhalde bir bankanın başharfi olmalıydı– işlenmiş kasketine havada bir yay çizdirterek odanın bir ucundan diğer ucuna doğru kanepeye fırlattı ve sonra üniformasının uzun eteklerini arkaya atıp ellerini pantolon ceplerine soktu ve yüzünde acımasız bir ifadeyle Gregor'a doğru ilerledi. Ne yapmak istediğini belki kendisi de bilmiyordu ama yine de adım atarken ayaklarını hiç alışılmamış bir yüksekliğe kaldırıyordu ve Gregor, onun çizmelerinin taban iriliğine şaşırdı. Yine de bu düşünceyle kafasını fazla yormadı, çünkü yeni yaşamının ilk gününden itibaren babasının ona karşı ancak en sert davranışı uygun bulduğunu biliyordu. Ve böylece önü sıra koşmaya başladı, babası durduğunda o da duruyor, babasının en ufak hareketinde o da hızla ilerliyordu. Birkaç kez bu şekilde odanın içinde dönüp durdular; kayda değer hiçbir şey olmadı, hatta Gregor'un ağır temposu nedeniyle ortada kovalamacaya benzer bir durum da yoktu. Bu nedenle de Gregor bir süre daha döşemeden ayrılmadı çünkü duvarlara veya tavana kaçtığı takdirde babasının bunu özel bir kötü niyet diye yorumlamasından korkuyordu. Gregor, bu koşuya uzun süre dayanamayacağını itiraf etmek zorundaydı çünkü babasının bir adımına karşılık kendisinin sayısız hareketler yapması gerekiyordu. Nefes almakta zorlanmaya başlamıştı bile, ciğerleri zaten eskiden de pek sağlam değildi.

Tüm gücünü koşuya saklamak için böyle sersem sepelek yalpalayıp dururken ve gözlerini açık tutmakta bile zorluk çekerken, bu uyuşukluğu içinde koşmaktan başka bir kurtuluş yolu düşünemezken ve ince oymalarla süslü, sivri uçlu mobilyaların yolunu tıkadığı duvarlardan yararlanabileceğini neredeyse unutmuşken birdenbire hafifçe fırlatılan bir şey tam yanından uçup yere düştü ve önüne doğru yuvarlandı. Bir elmaydı bu; hemen arkasından bir ikincisi geldi. Gregor dehşet içinde ve kıpırdamadan bekledi. Hızla kaçmaya çalışmasının bir yararı olmayacaktı çünkü babası onu bombardımana tutmakta kararlıydı. Ceplerini servis masasının üstündeki meyve tabağından doldurmuştu ve henüz kesin nişan almaksızın elmaları birbiri ardına fırlatıyordu. Bu küçük, kırmızı elmalar elektrik akımına yakalanmış gibi yerde yuvarlanıyor ve birbirine çarpıyordu. Hafifçe fırlatılan bir elma Gregor'un sırtını sıyırdı, ama bir zarar vermeden kayıp gitti. Buna karşılık onun hemen arkasından atılan başka bir elma sırtına tam anlamıyla saplandı; Gregor, yerini değiştirince, ani gelen bu inanılmaz acı geçecekmiş gibi yerde sürünmeye devam etmek istedi; fakat olduğu yere çivilenmiş gibiydi ve tüm duyuları karmakarışık olarak yere serildi. Bilincini henüz kaybetmemiş olan Gregor, odasının kapısının açıldığını ve çığlıklar atan kız kardeşinin önünden, üstünde sadece gömleğiyle –kız kardeşi, bayıldığında rahat nefes alabilmesi için onu soymuştu– annesinin dışarıya fırladığını, sonra babasına doğru koştuğunu ve koşarken beline kadar havalanmış olan eteklerinin birbiri ardına yere kaydığını gördü. Etekleri ayağına dolanan annesinin, babasının boynuna atıldığını ve ona canhıraş sarılıp tek bir vücut oluşturduğunu –ama bu arada Gregor'un görme yetisi artık donuklaşmıştı– iki eliyle ensesini kavrayıp Gregor'un hayatını bağışlaması için ona yalvardığını duydu.

III

Bir ayı aşkın bir süredir sızlayan yarasıyla –kimse çekip çıkarmaya cesaret edemediği için, fırlatılan elma gözle görünür bir anı olarak etine gömülü duruyordu– Gregor'un şu andaki acıklı ve iğrenç görünümüne rağmen ailenin bir üyesi olduğunu, ona düşmanca davranılmaması gerektiğini, aksine duydukları tiksintiyi bastırmak ve sabretmek, sadece sabretmenin aile görevinin bir gereği olduğunu babasına bile hatırlatmış gibiydi.

Gregor, yarası yüzünden artık hareket yeteneğini muhtemelen sonsuza dek kaybetmişti. Odayı arşınlarken yaşlı bir sakat gibi uzun dakikalara ihtiyacı olsa bile –yükseklerde dolaşması artık düşünülemezdi– durumundaki bu kötüleşme kendince olumlu sayılabilecek bir şekilde telafi ediliyordu.

İki veya üç saat öncesinden dikkatle izlemeye başladığı oturma odasının kapısı akşama doğru açılıyor, böylece o karanlık odasında yatarken, oturma odasından görülmeden, aydınlatılmış masanın başında oturan bütün aileyi görebiliyordu eskisinden çok farklı olarak, bir anlamda ailenin izniyle onların konuşmalarını dinleyebiliyordu.

Bu konuşmalar artık Gregor'un kendini küçücük bir otel odasında rutubetli çarşaflara attığı zamanlarda, her zaman biraz da özlemle anımsadığı canlı sohbetler değildi elbette. Şimdi mekâna genellikle sessizlik egemendi. Babası akşam yemeğinden sonra hemen koltuğunda uyuklamaya başlıyor, annesi ile kız kardeşi ses çıkarmamak için birbirlerini uyarıyorlardı. Annesi, iyice ışığın altına doğru eğilerek bir moda evi için zarif çamaşırlar dikiyor, tezgâhtar olarak bir iş bulan kız kardeşi, belki ileride daha iyi bir yer bulurum umuduyla akşamları steno ve Fransızca çalışıyordu. Babası bazen uyanıyor ve uyumuş kalmış olduğunun farkında değilmiş gibi annesine, "Bugün yine ne çok dikiş diktin!" diyor ve yine hemen uykuya dalıyordu; o zaman da annesi ve kız kardeşi birbirlerine yorgun yorgun gülümsüyorlardı.

Babası bir tür inatla odacı üniformasını evdeyken de çıkarmamakta direniyordu ve robdöşambrı boşu boşuna askıda dururken o tamamen giyinik bir durumda oturduğu yerde uyukluyordu, her an göreve gitmeye hazırmış ve patronunun çağrısını bekliyormuş gibiydi. Sonuçta, annesinin ve kız kardeşinin tüm özenine rağmen, zaten en baştan beri yeni olmayan üniforması hemen kirleniyordu ve Gregor çoğu zaman uzun akşamlar boyunca, yaşlı adamın, içinde hiç rahat etmemesine rağmen huzurla uyuduğu, leke dolu, ama sürekli temizlenen altın rengi düğmeleri parıldayan o üniformayı seyrediyordu.

Annesi, saat onu vurur vurmaz hafifçe seslenerek babasını uyandırmaya ve yatağa yatması için ikna etmeye çalışıyordu.

Çünkü buradaki uyku gerçek bir uyku sayılmazdı ve sabahleyin saat altıda işe başlayacağından uyku onun için son derece gerekliydi. Fakat babası, odacılığa başladığından beri onu kıskacına alan inadıyla, her zaman uyuyakalmasına rağmen masa başında daha uzun süre kalmakta diretiyordu ve onu koltuğundan kalkıp yatağa yatmasına ikna etmek çok çaba gerektiriyordu. Annesi ve kız kardeşi küçük uyarılarla ne kadar ısrar ederlerse etsinler, babası on beş dakika boyunca ağır ağır başını sallıyor, gözlerini kapalı tutuyor ve yerinden kıpırdamıyordu. Annesi kolundan çekiştiriyor, kulağına hoş sözler fısıldıyor, kız kardeşi de annesine yardım etmek için ödevini yarıda bırakıyor, ama babasında hiçbir değişiklik olmuyordu. Aksine koltuğuna daha fazla gömülüyordu. Ancak kadınlar koltuk altlarından kavradıkları zaman gözlerini açıyor, bir annesine, bir kız kardeşine baktıktan sonra, "Yaşam bu! Yaşlılık günlerimde bulacağım huzur?" diye mırıldanıyordu. Sonra iki kadına yaslanarak zar zor ayağa kalkıyor, sanki kendi ağırlığını taşıyamıyormuşçasına kendini kapıya kadar taşıtıyor, oradan eliyle işaret ederek kadınları yanından uzaklaştırıyor ve ardından kendi başına yürümeye devam ediyordu. Bu arada ona yardım edebilmek için tekrar annesi elindeki dikişini, kız kardeşi de tüy kalemini telaşla bir yana fırlatıp peşinden koşuyorlardı.

Çalışmaktan bitip tükenmiş ve fazlasıyla yorgun bu ailede, Gregor'la gereğinden fazla ilgilenmeye kimin zamanı vardı? Evin bütçesi giderek daha da kısılmaktaydı ve sonunda hizmetçi kızın işine son verildi. En ağır işleri yapmak için sabahları ve akşamları, beyaz saçları başının etrafında uçuşan devasa, iri kemikli bir gündelikçi kadın geliyordu. O kadar dikişinin arasında geri kalan işlerin tümünü de annesi hallediyordu. Hatta Gregor'un, ailenin o gün kazandığı parayı akşamları aralarında konuşurken duyduğuna göre, annesinin ve kız kardeşinin kutlamalarda ve eğlencelerde eskiden büyük mutlulukla taktıkları aileden kalma bazı mücevherler de satılmıştı. Ama en fazla şikâyet ettikleri konu, mevcut durumda kendilerine artık çok büyük gelen bu evden çıkamamalarıydı çünkü Gregor'u nasıl taşıyacaklarını bilemiyorlardı. Ama Gregor, ev değiştirmeye tek engelin kendisi olmadığını da biliyordu çünkü onu birkaç hava deliği açacakları uygun bir sandıkla nakledilebilirlerdi; aslında aileyi ev değiştirmekten alıkoyan sebep, daha çok bütünüyle umutsuz olmaları ve tüm akraba ve tanıdıkları arasında hiç kimsenin başına gelmemiş bir felakete uğramış olduklarını düşünmeleriydi. İnsanların yoksul insanlardan beklediklerini sonuna kadar yerine getiriyorlardı; babası küçük banka memurlarına kahvaltı taşıyor, annesi yabancı insanların iç çamaşırları için fedakârlıkta bulunuyor, kız kardeşi ise müşterilerin emirlerini yerine getirmek için tezgâhın arkasında koşturup duruyordu, ama ailenin gücü daha fazlasına yetmiyordu.

Ve annesi ile kız kardeşi, babasını yatağına yatırıp geri döndüklerinde, işlerine ellerini bile sürmeden birbirlerine sokulup, neredeyse yanak yanağa oturduklarında, annesi Gregor'un odasını işaret ederek "Şu kapıyı kapat Grete," deyince tekrar karanlıkta kalan Gregor'un sırtındaki yara daha yeni açılmış gibi acımaya başlıyordu; bu arada yan odada kadınların gözyaşları birbirine karışıyordu veya hiç ağlamadan gözlerini masaya dikip, öylece bakıyorlardı.

Gregor, gecelerini de gündüzlerini de neredeyse hiç uyumadan geçiriyordu. Bazen, kapı ilk açıldığında, ailenin sorunlarını eskisi gibi yine kendisi ele almayı düşünüyordu; uzun zamandan sonra hayalinde yeniden patron ve müdür canlanıyordu; tezgâhtarlar ve çıraklar, kalın kafalı hizmetli, diğer mağazalardaki iki üç arkadaşı, hoş ve silik bir anı olarak bir taşra otelindeki oda hizmetçisi, bir şapkacı dükkânında çalışan ve ciddi olarak ilgilendiği, ama adım atmakta çok geç kaldığı kasiyer kız... Hepsi, yabancı veya çoktan unuttuğu kişilere karışarak gözünün önünde canlanıyordu, ama Gregor'a ve ailesine yardım etmek yerine erişilmez oluyorlardı ve bu hayaller gözünden silindiğinde Gregor seviniyordu. Oysa az sonra ailesiyle ilgilenme isteğini yine kaybediyor ve ona kötü baktıkları için sadece öfkeleniyordu. Canının çektiği hiçbir şey aklına gelmese de yine de kilere girerek, karnı aç olmamasına rağmen ne bulursa almak için planlar yapıyordu. Kız kardeşi, Gregor'un özellikle ne yemekten hoşlanacağını düşünmeden, sabahları ve öğlenleri işe gitmeden önce odasına ayağıyla alelacele herhangi bir yiyeceği itiveriyor ve akşamları da, yemeğin tadına bakıp bakmamış veya –ki durum çoğunlukla böyleydi– hiç dokunmamış olmasıyla ilgilenmeden süpürgeyle çabucak dışarıya çıkarıveriyordu. Artık akşamları toplayabildiği odasını bundan daha çabuk temizlemek mümkün değildi. Duvarlarda dalga dalga kirler ve orada burada toz yumakları ve çer çöp vardı.

İlk zamanlarda Gregor, kız kardeşi odaya girdiğinde, ona sitemini belli etmek için özellikle böyle pis bir köşeye yerleşiyordu. Ama haftalarca orada kalsa bile kız kardeşi umursamıyordu; pislikleri Gregor kadar kız kardeşi de görüyordu, ama onlara dokunmamaya kararlıydı. Bu arada tüm aileyi de etkisi altına alan, yeni oluşan bir hassasiyetle Gregor'un odasını kendinden başka kimsenin toplamamasına dikkat ediyordu.

Bir seferinde annesi, kovalar dolusu su kullanarak Gregor'un odasında büyük bir temizliği girişti –ancak aşırı nem Gregor'a pek iyi gelmedi ve perişan bir halde kanepenin üzerine serilip kaldı– ama annesi bu girişiminden dolayı cezalandırılmaktan kurtulamadı. Çünkü kız kardeşi, akşam Gregor'un odasındaki değişikliği fark eder etmez büyük bir hakarete uğramışçasına oturma odasına koştu ve annesi yalvararak ellerini havaya kaldırıp yatıştırmak istemesine rağmen ağlama nöbeti tuttu. Bu arada annesi ve babası –tabii babası korkuyla koltuğundan sıçramıştı– önce şaşkınlık ve çaresizlik içinde Grete'yi baktılar sonra harekete geçtiler. Babası bir yandan odanın temizliğini kızına bırakmadı diye sağ yanında oturan karısına çıkışıyor, diğer yandan sol yanında duran kızına bundan böyle Gregor'un odasını temizlemenin ona yasak olduğunu söylüyordu. Bu arada anne, öfkeden kendini kaybetmiş babayı yatak odasına sürüklemeye çalışırken hıçkırıklarla sarsılan kız kardeşi küçük yumruklarıyla masayı dövüyordu; Gregor ise, kapıyı kapamak ve onu bu manzaradan ve gürültüden korumak kimsenin aklına gelmediği için yüksek sesle tıslamaya başlamıştı.

İşyerindeki yoğun çalışmalardan bitkin düşmüş olan kız kardeşi, Gregor'la eskisi gibi ilgilenmekten bıkmış olsa bile, bu annesinin onun yerini alması ve Gregor'un ihmal edilmesi anlamına gelmezdi çünkü artık hizmetçi kadın vardı. Uzun hayatı boyunca güçlü kemik yapısı sayesinde büyük zorlukların üstesinden gelmiş olması gereken bu yaşlı dul, aslında

Gregor'dan iğrenmiyordu. Bir defasında meraklı olduğu için değil, sırf tesadüfen Gregor'un odasının kapısını açtığında, kendisini kovalayan kimse olmamasına rağmen sağa sola ko-

şuşturan Gregor'un görünümü karşısında ellerini kavuşturarak hayretler içinde kalakalmıştı. O günden sonra her sabah ve her akşam kapıyı hafifçe aralamayı ve Gregor'a bakmayı ihmal etmiyordu. Başlangıçta, herhalde sevimli olduğunu düşündüğü sözlerle, örneğin, "Gel bakalım buraya ihtiyar bokböceği!" veya "Şu bokböceğine bakın bir kere!" diyerek onu yanına çağırıyordu. Gregor bu sözlere hiç karşılık vermiyor, sanki kapı hiç açılmamış gibi davranarak yerinden kıpırdamıyordu. Oysa hizmetçi kadına, aklına estiği anda Gregor'u boşuna rahatsız etmesine izin vereceklerine, her gün odasını temizlemeyi emretselerdi ya!

Bir gün sabahın erken saatlerinde –belki de yaklaşmakta olan ilkbaharın habercisi olan şiddetli bir yağmur camları dövmeye başlamıştı– hizmetçi kadın yine saçmalayınca Gregor o kadar sinirlendi ki, adeta ona saldıracakmış gibi, fakat yavaş ve yorgun, kadının üstüne doğru gitti. Kadın ise korkacağına, kapının yanında duran bir iskemleyi kaparak havaya kaldırdı; kocaman açtığı ağzından niyeti belli oluyordu; ağzını, ancak iskemleyi Gregor'un sırtına indirdikten sonra kapatacaktı. Gregor gerisingeri dönmeye başlayınca, "Demek daha fazla yaklaşmıyorsun yanıma, öyle mi?" diye konuştu ve iskemleyi yavaşça yerine bıraktı.

Gregor artık neredeyse hiçbir şey yemiyordu. Sadece hazırlanmış olan yemeklerin yanından tesadüfen geçerken laf olsun diye ağzına bir lokma atıyor, lokmayı saatlerce ağzında tutuyor ve sonra çoğu kez tükürüyordu.

İlk önceleri, onu yemekten alıkoyan şeyin odasının durumu karşısında duyduğu üzüntü olduğunu düşündü, ama odasında yapılan değişikliklere hemen alışıvermişti. Koyacak başka bir yer bulamadıkları eşyaları bu odaya tıkmak alışkanlık haline gelmişti ve şimdi evin bir odası üç kişiye kiraya verildiğinden bu tür eşyaların sayısı artmıştı. Bu üç ciddi görünümlü adam –Gregor bir defasında kapının arasından üçünün de uzun sakallı olduğunu görmüştü– mademki burada yaşıyoruz düşüncesiyle, sadece kendi odalarının değil, evin her tarafının, özellikle de mutfağın son derece düzenli tutulmasına titizlik gösteriyorlardı. Gereksiz eşyalara ve pılı pırtıya hiç tahammül edemiyorlardı. Üstelik kendi eşyalarının çoğunu beraberlerinde getirmişlerdi. Ondan dolayı satmaya değmeyecek, ama evdekilerin de atmak istemediği bir çok eşya gereksiz hale gelmişti. Bu eşyaların hepsi Gregor'un odasına kondu. Mutfaktaki kül sandığı ve çöp kutusu da dahil olmak üzere... Şu anda işe yaramayan şeyleri, her zaman çok acelesi olan hizmetçi kadın Gregor'un odasına atıveriyordu; neyse ki Gregor çoğu kez sadece atılacak eşyayı ve onu tutan eli görüyordu. Belki de hizmetçi kadının niyeti, zaman ve fırsat bulduğunda bu eşyaları odadan tekrar çıkarmak veya hepsini toptan atmaktı, ama Gregor, önceleri dolaşacak başka yer kalmadığı için mecburiyetten fakat sonraları giderek artan bir zevkle bu pılı pırtı arasında sürünürken –sonradan ölesiye yorgun ve üzgün olsa da ve saatlerce yine yerinden kıpırdamadan kalsa da– onları yerinden oynatmadığı sürece hepsi ilk atıldığı yerde kalıyordu.

Kiracılar, ara sıra akşam yemeklerini de ortak oturma odasında yediklerinden, odanın kapısı bazı akşamlar kapalı kalıyordu, ama Gregor zaten kapının açık bırakılmasıyla ilgilenmekten çoktan vazgeçmiş gibiydi; çünkü kapının açık olduğu bazı akşamlarda da fırsattan yararlanmamış, ailesi farkına varmadan odasının en karanlık köşesine çekilip yatmıştı. Ama bir defasında hizmetçi kadın oturma odasının kapısını aralık bırakmıştı ve kapı, akşam kiracılar geldiğinde ve ışıklar yakıldığında da hâlâ açıktı. Adamlar masaya geçtiler, eskiden babasının, annesinin ve Gregor'un oturdukları yerlere oturdular, peçetelerini açıp çatal bıçağı ellerine aldılar. Annesi, elinde et dolu servis tabağıyla kapıda belirdi ve onun arkasından da tepeleme patatesle dolu bir tabakla kız kardeşi göründü. Yemeklerin buharı tütüyordu. Adamlar, yemeğe girişmeden önce tadını kontrol etmek istermişçesine önlerindeki tabaklara eğildiler; sonra ortada oturan ve lider olduğu anlaşılan adam, yemek iyi pişmiş mi yoksa mutfağa geri göndermeli mi diye tabaktaki etten bir parça kesti. Sonuçtan memnun kalmıştı; heyecanla onu izleyen anne ve kız, rahat bir nefes alarak gülümsediler.

Aile, yemeği mutfakta yiyordu. Buna rağmen baba mutfağa gitmeden önce yemek odasına girdi, kasketini eline aldı ve eğilerek masanın etrafında dolaştı. Adamlar ayağa kalktılar ve sakallarının arasından bir şeyler mırıldandılar. Sonra yalnız kaldıklarında tam bir sessizlik içinde yemeklerini yediler. Yemek yerken çıkan çeşitli sesler arasında, sürekli adamların lokmaları çiğneyen dişlerinin sesinin duyulması Gregor'a garip geldi, sanki böylece, yemek yemek için insanın dişleri olması gerektiğini ve eğer dişi yoksa en güzel çenenin bile bir işe yaramayacağını ona göstermek istiyor gibiydiler. "Aslında iştahım var," dedi Gregor kendi kendine üzüntüyle, "ama bu sofradakileri yemek istemem. Ben burada açlıktan ölürken onlar nasıl da besleniyorlar!"

Tam da bu akşam –Gregor, uzun zamandan beri keman sesi duyduğunu hatırlamıyordu– mutfaktan kemanın sesi geldi. Kiracılar yemeklerini bitirmişlerdi; ortada oturan adam bir gazete açmış ve öteki ikisine de birer sayfa vermişti; şimdi arkalarına yaslanmış gazetelerini okurken purolarını tüttürüyorlardı. Keman sesi duyulduğunda dikkat kesildiler, ayağa kalkıp parmak uçlarında holün kapısına kadar gittiler ve birbirlerine iyice sokularak orada durdular. Ayak sesleri herhalde mutfaktan duyulmuş olmalıydı ki babası, "Beyler keman sesinden rahatsız mı oldular acaba? Öyleyse hemen son verebiliriz," diye seslendi. "Tam aksine," dedi ortadaki adam, "acaba küçük hanım yanımıza gelip burada çalmak istemez mi? Çünkü bu oda çok daha uygun ve rahat." Baba, keman çalan kendisiymiş gibi, "Elbette, memnuniyetle," diye cevap verdi. Adamlar yerlerine dönerek beklemeye başladılar. Hemen ardından babası nota sehpasıyla, annesi notalarla, kız kardeşi de kemanıyla odaya girdiler. Kız kardeş çalacağı parçaları sakin sakin hazırladı; daha önce hiç oda kiralamadıkları için kiracılara karşı nezaketi abartan annesiyle babası ise, kendi koltuklarına bile oturmaya cesaret edemiyorlardı; baba sağ elini, önünü iliklediği odacı üniformasının iki düğmesi arasına sokmuş ve kapıya yaslanmış, anne ise adamlardan birinin kendine ikram ettiği koltuğu adamın koyduğu yerden oynatmadığı için kenarda köşede bir yerde oturmayı sürdürüyordu.

Kız kardeşi keman çalmaya başladı; anne ve babası, her biri kendi durduğu yerden dikkatle onun ellerinin hareketlerini izliyordu. Kemanın çekiciliğine kapılan Gregor, biraz daha öne doğru gitmeye cesaret etmişti ve neredeyse oturma odasına dalmıştı. Son zamanlarda ev halkına fazla ilgi göstermemiş olmasına pek şaşırmıyordu oysa eskiden bu ilgisiyle gururlanırdı. Ve aslında şimdi kendini saklamak için çok sebebi vardı, çünkü odasının her yanını kaplayan ve en ufak bir hareketle etrafta uçuşan toz yüzünden kendisi de baştan aşağı tozla kaplanmıştı; sırtına ve bedeninin yan taraflarına yapışan tüyleri, kılları ve yemek artıklarını da kendisiyle beraber sürüklemekteydi. Her şeye karşı öyle bir umursamazlık içindeydi ki, artık eskisi gibi gün boyu birkaç defa sırt üstü yatıp halıya sürtünerek temizlenmiyordu. Ve bu durumuna rağmen, oturma odasının tertemiz halısının üstünde biraz ilerlemekten çekinmedi.

Ancak kimse ona dikkat etmedi. Aile, kendini tamamen kemana kaptırmıştı. Kiracı adamlar ise, önceleri elleri pantolon ceplerinde, tüm notaları görebilecek şekilde, ki bu durum kız kardeşi rahatsız ediyor olmalıydı, nota sehpasının çok yakınına sokulmuşlardı; ama hemen sonra alçak sesle konuşarak, başları önlerinde pencerenin yanına doğru gittiler ve babanın endişeli bakışları altında orada durmaya devam ettiler. Gerçekten de, güzel veya eğlendirici bir dinleti beklerken hayal kırıklığına uğradıkları, bu konserden sıkıldıkları ve rahatlarının bozulmasına sadece nezaketen göz yumdukları açıkça belli oluyordu. Özellikle de, içtikleri puronun dumanını burunlarından ve ağızlarından havaya üfleyiş şeklinden ne denli sinirlendikleri anlaşılıyordu. Oysa kız kardeşi öyle güzel çalıyordu ki...

Başını yana eğmişti; gözlerinde arayış ve hüzünle, notaları izliyordu. Gregor biraz daha ileriye doğru süründü ve kız kardeşiyle belki göz göze gelme ümidiyle başını iyice yere yaklaştırdı. Müzikten bu kadar etkilendiğine göre, acaba bir hayvan mıydı o? Hasretini çektiği o bilinmeyen besine doğru giden yol görünüyormuş gibi bir duyguya kapıldı. Kız kardeşini, yanına kadar ilerleyip eteğinden çekiştirmeye ve böylece ona kemanını alıp Gregor'un odasına gelmesini istediğini belli etmeye kararlıydı, çünkü buradakilerin hiçbiri müziğin değerini Gregor kadar anlamıyordu. Artık kız kardeşini, en azından kendisi yaşadığı sürece, odasından dışarıya bırakmayacaktı; bu korkunç görünüşü ilk defa işine yaramış olacaktı; odasının bütün kapılarında aynı anda nöbet tutacak ve saldırganların yüzüne tükürecekti; ama kız kardeşi zorla değil, kendi isteğiyle onun odasında kalacaktı; kanepede onun yanında oturacak, kulağını aşağıya Gregor'a doğru eğecek ve Gregor da o zaman kız kardeşini konservatuvara yollamaya kesinlikle niyetli olduğunu itiraf edecekti ve eğer araya bu şanssızlık girmemiş olmasaydı geçen Noel'de –Noel geçmişti bile galiba, değil mi?– bu niyetini gelecek itirazlara aldırmadan herkese açıklamış olacağını söyleyecekti.

Bu açıklamadan sonra kız kardeşi duygulanarak gözyaşlarına boğulacaktı ve Gregor, kızın omzuna kadar çıkacak, işe gitmeye başladığından beri açık bıraktığı, bağ veya yaka takmadığı boynunu öpecekti.

"Bay Samsa!" diye ortadaki adam başka bir söze gerek görmeden babaya seslendi ve işaretparmağıyla ağır ağır ilerlemekte olan Gregor'u işaret etti.

Keman sesi kesildi, ortadaki kiracı adam, başını sallayarak önce arkadaşlarına doğru güldü ve sonra tekrar Gregor'a baktı. Anlaşılan baba, Gregor'u kovalamak yerine önce kiracıları sakinleştirmeyi daha gerekli bulmuştu, oysa onlar hiç de sinirlenmiş gibi gözükmüyorlardı ve Gregor'u kemandan daha eğlenceli buluyorlardı.

Babası hızla adamlara doğru ilerledi ve kollarını iki yana açıp onları odalarına geri dönmeye zorlarken, bir yandan da gövdesiyle Gregor'u görmelerini engellemeye çalıştı. Kiracılar şimdi gerçekten biraz öfkelenmeye başlamıştı, ama babanın davranışına mı yoksa bilmeden Gregor gibi bir komşuya sahip olduklarını anladıkları için mi sinirlendikleri tam anlaşılamıyordu. Babadan bir açıklama bekliyorlardı, onlar da aynı şekilde kollarını havada salladılar sonra, huzursuz bir şekilde sakallarını çekiştirdiler ve ağır ağır odalarına çekildiler. O arada kız kardeşi, keman çalmayı aniden yarıda kesmek zorunda kalınca içine düştüğü şaşkınlığı yenip, bir süre daha kemanı ve yayı gevşemiş, aşağı sarkan ellinde tuttuktan ve hâlâ çalmaya devam ediyormuş gibi notalara bakmayı sürdürdü. Sonra kendini toparlayarak enstrümanı, hâlâ koltuğunda oturmakta olan ve nefesi daraldığı için hızlı hızlı soluyan annesinin kucağına bıraktı ve kiracıların, babanın zorlamasıyla daha hızlı bir şeklide yaklaşmakta oldukları yan odaya koştu. Kız becerikli elleriyle yorganları ve yastıkları havalandırdı ve düzenledi. Adamlar daha odaya varmadan önce Grete yatakları yapmış ve odadan çıkmıştı. Babası kendini yine öylesine inadına kaptırmıştı ki, kiracılara göstermesi gereken saygıyı unutmuştu. Ortadaki adam, odanın kapısına vardığında gürleyip tepinerek onu durduruncaya kadar baba adamları iteklemeyi sürdürdü. "Böylece bildiriyorum ki," diyerek elini kaldırdı ve gözleriyle anneyi ve kız kardeşi de arayarak, "bu ailede ve evde hüküm süren iğrenç şartlar nedeniyle," –bu arada ani bir kararla yere tükürdü– "odamı derhal boşaltıyorum. Elbette burada oturduğum günler için de bir kuruş bile ödemeyeceğim, buna karşılık inanın bana – kanıtlaması çok kolay nedenlerden dolayı sizden tazminat talebinde bulunsam mı acaba diye de düşüneceğim." Sustu ve bir şey bekliyormuş gibi önüne baktı. Gerçekten diğer iki arkadaşı da hemen, "Biz de odayı derhal terk ediyoruz," diyerek atıldılar. Bunun üzerine adam, kapının koluna yapıştı ve büyük bir gürültüyle çarparak kapıyı kapattı.

Baba, elleriyle etrafı yoklayarak yalpalaya yalpalaya koltuğuna doğru gitti ve düşer gibi kendini bıraktı; sanki her zamanki akşam şekerlemesine hazırlanıyordu, ama başının sallanmasından uyumadığı anlaşılıyordu. Gregor, bu süre boyunca, kiracıların onu gördükleri yerde kıpırdamadan yatıyordu. Belki planının başarısızlığa uğramasının yarattığı hayal kırıklığı, belki de onca süredir çektiği açlığın sonucu zayıfladığı için yerinden kıpırdaması mümkün değildi. Bir an sonra başında bir fırtına patlayacağından emin olarak beklemeye koyuldu. Annesinin titreyen parmaklarının arasından kayıp kucağından yere düşen kemanın çıkardığı sesin yankısı bile onu ürkütmedi.

"Sevgili anneciğim ve babacığım," diye söze başlayan kız kardeşi eliyle masaya vurdu, "bu böyle devam edemez. Belki siz durumun farkında değilsiniz, ama ben farkındayım. Bu yaratığın yanında kardeşimin adını ağzıma almak istemiyorum, onun için şunu söylemekle yetiniyorum: ondan kurtulmaya çalışmalıyız. Ona bakmak ve tahammül etmek için bir insanın elinden gelebilecek her şeyi yaptık, sanıyorum ki bu konuda kimse bize en ufak bir suçlamada bulunamaz."

"Söylediklerinde bin kez haklı," dedi baba kendi kendine. Nefes almakta hâlâ zorlanan annesi ise, eliyle ağzını kapatarak gözlerinde vahşi bir ifadeyle boğuk boğuk öksürmeye başladı.

Kız kardeşi hemen annesinin yanına koşarak alnını tuttu. Kızının sözlerini duyan baba daha net düşünmeye başlamıştı; dimdik oturmuş, kiracıların akşam yemeğinden beri hâlâ sofrada duran tabakların arasındaki odacı kasketiyle oynuyor ve arada sırada kıpırdamadan yatan Gregor'a göz atıyordu.

"Ondan kurtulmaya çalışmamız lazım," diye kız kardeşi bu kez sadece babaya hitap ederek konuştu, çünkü öksürükleri arasında anne bir şey duymuyordu: "İkinizin de ölmenize neden olacak; olacakları görür gibiyim. İnsan bizim kadar ağır çalıştıktan sonra bir de evdeki bu bitmek bilmeyen işkenceye dayanamaz. Artık benim tahammülüm kalmadı."

Ve öyle şiddetle ağlamaya başladı ki, gözyaşları annesinin yüzüne aktı ve kız mekanik el hareketleriyle onun yüzündeki yaşları sildi.

"Yavrum," dedi babası acımayla ve dikkat çeken bir anlayışlılıkla, "peki ama, ne yapabiliriz?"

Kız kardeşi, ağlarken az önce sahip olduğu özgüvenin yerini alan çaresizliğini omuzlarını kaldırarak bildirdi.

"Ah, bizi bir anlayabilseydi," dedi babası soru sorarcasına; kız kardeşi, ağlamasının arasında, bunun söz konusu bile olamayacağını belirtmek istercesine şiddetle elini salladı.

"Bizi bir anlayabilseydi," diye tekrarladı babası ve gözlerini yummakla, kız kardeşin bunun imkânsızlığına inandığını belli ederek, "belki onunla anlaşmamız mümkün olabilirdi. Ama bu şekilde..."

"Buradan gitmesi lazım," diye bağırdı kız kardeşi, "tek çare bu, baba. Yalnız senin, onun Gregor olduğu fikrinden kurtulman lazım. Bizim asıl şanssızlığımız bu kadar zaman onu Gregor sanmamızdı. Ama zaten bu nasıl Gregor olabilir ki? Eğer Gregor olmuş olsaydı, böyle bir hayvanın insanların arasında yaşamasının imkânsızlığını çoktan görüp, kendiliğinden gitmiş olması gerekirdi. O zaman benim bir kardeşim, sizin de oğlunuz olmazdı, ama hayatımıza devam ederdik ve onu şerefle anardık. Oysa şimdi bu hayvan peşimizi bırakmıyor, kiracıları kaçırtıyor ve anlaşılan bütün evi işgal ederek bizi sokağa atmak istiyor. Bak babacığım!" diye bağırdı birdenbire, "yine başlıyor işte!" Ve kız kardeşi, Gregor'un hiçbir anlam veremediği bir korkuya kapılarak, annesini bile yalnız bırakıp, sanki Gregor'un yakınında olmaktansa, annesini feda etmeyi tercih edermişçesine koltuğunu adeta iterek kalktı ve hızla babasının arkasına sığındı; kızının davranışı karşısında heyecana kapılan babası ayağa fırladı ve onu korumak istermişçesine önüne geçip kollarını havaya kaldırdı.

Fakat Gregor'un asla herhangi bir kimseyi, hele kız kardeşini korkutmak gibi bir niyeti yoktu. O, sadece odasına geri gitmek için yerinde dönmeye başlamıştı ve acı çektiği için zor hareketlerde gövdesinden destek alıyordu, fakat bu arada birkaç kere kaldırdığı başını tekrar yere çarpınca ortaya garip bir manzara çıkıyordu. Durakladı ve etrafına bakındı. İyi niyetli olduğu anlaşılmışa benziyordu; sadece anlık bir korku yaşanmıştı. Şimdi hepsi sessizce ve üzüntüyle ona bakıyordu. Annesi bacaklarını uzatıp birbirine bitiştirmiş, koltuğunda oturuyordu, bitkinlikten neredeyse gözleri kapanmak üzereydi; babası ile kız kardeşi yan yana oturuyordu, kız kolunu babasının boynuna atmıştı.

"Şimdi belki artık dönmeme izin verirler," diye düşündü Gregor ve çabalamaya başladı. Bu çabalardan dolayı nefes nefese kalmasını engellemiyordu ve arada bir durup dinlenme ihtiyacı hissediyordu. Ayrıca onu zorlayan da yoktu, her şey kendi iradesine kalmıştı. Dönüş hareketini tamamladıktan sonra dosdoğru odasına yöneldi. Odasıyla arasındaki büyük mesafeye şaşırıyor ve bu düşkün halinde kısa süre önce aynı yolu, neredeyse farkında olmadan, nasıl aşmış olduğuna ise hiç aklı ermiyordu. Sadece hızla ilerlemekten başka bir şey düşünmediğinden, ailesinden onu rahatsız edecek hiçbir söz, hiçbir ses gelmemiş olmasını fark etmedi. Ancak kapıya vardığında başını çevirdi, ama tam olarak değil, çünkü boynunun sertleştiğini hissediyordu, yine de arkasında hiçbir şeyin değişmemiş olduğunu görebildi, sadece kız kardeşi ayağa kalkmıştı. Gregor'un son bakışları, şimdi tamamen uykuya dalmış annesinin üzerinde gezindi.

Odasına henüz girmişti ki, kapı aceleyle üstüne kapatıldı, sürgülendi ve kilitlendi. Gregor, arkasından gelen bu ani gürültüden öyle korktu ki, bacacıkları kendini bırakıverdi. Böylesine acele davranan kız kardeşiydi. Hazır bir vaziyette önceden orada durmuş ve bekliyordu, sonra çevik bir hareketle ileriye atılmıştı, Gregor onun geldiğini hiç duymamıştı bile ve kız kardeşi anahtarı kilidin içinde çevirirken "Nihayet!" diye seslendi annesi babasına.

"Peki şimdi ne olacak?" dedi Gregor kendi kendine ve karanlıkta etrafına bakındı. Az sonra da artık hiç kıpırdayamadığını fark etti. Ama buna şaşırmadı, aksine şimdiye kadar bu incecik bacaklarla hareket edebilmiş olmasını garip buldu. Bunun dışında, kendini nispeten rahat hissediyordu. Gerçi tüm bedeni ağrıyordu, fakat Gregor'a, bu ağrılar gittikçe azalıyormuş ve sonunda tamamen geçecekmiş gibi geldi. Sırtına saplanmış olan çürümüş elmayı ve elmanın etrafındaki yumuşak bir tozla kaplı irinli bölgeyi artık neredeyse hiç hissetmiyordu bile. Duygulanarak ve sevgiyle ailesini düşündü. Ortadan yok olması gerektiğine belki kız kardeşinden de fazla inanıyordu.

Saat kulesi sabahın üçünü vurana kadar bu bomboş ve huzur verici düşünceler içerisinde kaldı. Penceresinin dışında ortalığın aydınlanmaya başladığını da görebildi. Sonra, istem dışı olarak başı tamamen önüne düştü ve son nefesi titreyerek burun deliklerinden hafifçe süzüldü.

Sabah erkenden hizmetçi kadın geldiğinde –kaç defa böyle yapmaması söylenmesine rağmen kuvveti ve acelesinden dolayı bütün kapıları öyle bir çarptı ki, o geldiği andan itibaren artık evin hiçbir yerinde rahat bir uyku mümkün olmadı– Gregor'a yaptığı her zamanki kısa ziyareti sırasında önce olağanüstü bir şey göremedi. Gregor'un kasten kıpırdamadan yattığını ve gücenmiş pozu yapmak istediğini düşündü; ondan her türlü kurnazca davranışı beklerdi. Elinde tesadüfen uzun saplı bir süpürge bulunduğundan, Gregor'u kapının yanından süpürgeyle gıdıklamaya çalıştı. Bundan da bir sonuç alamayınca sinirlendi ve Gregor'u biraz daha sert dürttü ve ancak onu hiçbir direnişle karşılaşmaksızın yerinden oynattığını gördüğünde uyandı. Çok geçmeden gerçek durumu anladığında gözleri faltaşı gibi açılarak kendi kendine bir ıslık savurdu, ama fazla oyalanmadan yatak odasının kapısını hızla açıp, içerinin karanlığına doğru yüksek sesle bağırdı:

"Gelin de bakın, gebermiş yaratık; orada yatıyor işte, nalları dikmiş!"

Samsa çifti yataklarında doğrulup oturmuş ve hizmetçi kadının ne dediğini anlamazdan önce, bağırmasının üstlerinde yarattığı korkudan kurtulmaya çalışıyorlardı. Ama sonra Bay ve Bayan Samsa, her biri kendi tarafından aşağıya acele yataktan fırladılar. Bay Samsa yatak örtüsünü omuzlarına attı, Bayan Samsa sırtında sadece geceliğiyleydi; bu şekilde Gregor'un odasına girdiler. Bu arada, Grete'nin, kiracılar eve taşındığından beri yattığı oturma odasının kapısı da açıldı; Grete hiç yatmamış gibi tamamen giyinikti, zaten solgun yüzü de hiç uyumadığını kanıtlar gibiydi. "Ölmüş mü?" diye sorarak Bayan Samsa bakışlarını hizmetçiye çevirdi, oysa her şeyi kendisi denetleyebilir ve hatta durumu denetlemeden de anlayabilirdi. "Bana kalırsa öyle," dedi hizmetçi kadın ve bunu kanıtlamak için de Gregor'u süpürgeyle biraz itti. Bayan Samsa, süpürgeyi geri çekmek istermiş gibi bir hareket yaptı, ama sonra vazgeçti. "Öyleyse," dedi Bay Samsa, "artık şimdi Tanrı'ya şükredebiliriz." Haç çıkardı ve üç kadın da onun hareketini izledi. Cesetten gözünü ayırmayan Grete: "Bakın, ne kadar da zayıfmış. Zaten uzun zamandır yemek de yemiyordu. Yemekler geldiği gibi geri gidiyordu." Gerçekten de Gregor'un bedeni tamamen yamyassı ve kupkuruydu, artık bacacıklarının üstünde dikelemediğinden ve yakından bakmaya bir engel kalmadığından bu durum ancak şimdi fark edilebiliyordu.

“Grete, biraz yanımıza gel,” dedi Bayan Samsa yüzünde hüzünlü bir gülümsemeyle ve Grete başını çevirip cesede bakmayı ihmal etmeksizin, annesi ve babasının ardından yatak odasına girdi. Hizmetçi kadın kapıyı kapattı ve pencereyi ardına kadar açtı. Sabahın erken saatleri olmasına rağmen, serin havada daha şimdiden bir ılıklık hissediliyordu. Ne de olsa mart sonuydu.

Üç kiracı adam odalarından çıkarak şaşkınlıkla kahvaltılarını aradılar; adamları kimse düşünmemişti. “Kahvaltı nerede?” diye sordu ortadaki adam asık suratla hizmetçi kadına. Ama kadın parmağını dudaklarına götürdü, telaşla ve konuşmadan adamlara Gregor’un odasına gelmelerini işaret etti. Adamlar içeriye girdiler ve sonra elleri biraz eskimiş ceketlerinin cebinde, artık tamamen aydınlanmış odada Gregor’un cesedinin etrafına dizildiler.

O anda yatak odasının kapısı açıldı ve üstünde odacı üniformasıyla Bay Samsa göründü, bir kolunda karısı, öbür kolunda da kızı vardı. Hepsinin de biraz ağlamış gibi bir hali vardı; Grete arada sırada yüzünü babasının koluna bastırıyordu.

“Derhal evimi terk edin!” dedi Bay Samsa ve karısı ile kızını kolundan bırakmaksızın kapıyı gösterdi. “Ne demek istiyorsunuz yani?” dedi ortadaki adam biraz şaşkın, biraz da yapmacık bir gülümsemeyle. Diğer ikisi, ellerini arkalarında birleştirmiş ve kendileri için olumlu olacak büyük bir tartışmayı sevinçle bekler gibi, sürekli ovuşturuyorlardı.

Bay Samsa: “Ne dediysem, aynen onu,” diye cevap verdi ve kolundaki iki kadınla birlikte kiracısına doğru yürüdü. Adam önce ses çıkarmadan durdu ve olaylar kafasının içinde yeniden şekilleniyormuş gibi gözlerini yere dikti. "Peki, öyleyse gidiyoruz demek," dedi ve aniden kapıldığı alçakgönüllükle bu kararı için bile yeni bir izin bekler gibi Bay Samsa'ya baktı. Bay Samsa, kocaman açtığı gözleriyle birkaç kez başını sallamakla yetindi. Bunun üstüne adam gerçekten, büyük adımlar atarak derhal hole gitti; bir süredir ellerini artık kıpırdatmadan konuşulanları dinleyen diğer iki arkadaşı, Bay Samsa'nın onlardan önce hole girerek, liderleriyle bağlantılarını koparmasından korkuyorlarmış gibi, neredeyse zıplayarak onu izlediler. Holde üçü de vestiyerden şapkalarını, şemsiyelikten bastonlarını aldılar, konuşmadan eğilerek selam verdiler ve evi terk ettiler.

Bay Samsa, tamamen yersiz olduğu derhal anlaşılan bir şüphe içinde yanında karısı ve kızıyla birlikte kapının önüne çıktı; hep beraber merdivenin tırabzanına dayanarak üç adamın ağır ağır, hiç durmaksızın uzun merdivenden aşağıya inişlerini, her katta sahanlığın belli bir dönemecinde gözden kayboluşlarını ve birkaç saniye sonra tekrar ortaya çıkışlarını izlediler; adamlar aşağıya indikçe Samsa ailesinin onlara duyduğu ilgi de azalmaktaydı ve başındaki tepsiyi gururla taşıyan bir kasap çırağı önce onlara doğru gelip, sonra onları geçerek yukarıya doğru çıktığında Bay Samsa, karısı ve kızıyla birlikte tırabzandan ayrıldı ve birlikte, artık rahatlamış gibi evlerine döndüler.

O günü dinlenerek ve gezerek geçirmeye karar verdiler; işlerinde böyle bir molayı hak etmiş olmalarının ötesinde, buna aynı zamanda kesinlikle ihtiyaçları da vardı. Ve masanın başına geçerek üç mazeret mektubu yazdılar; Bay Samsa banka müdürlüğüne, Bayan Samsa ona sipariş verene ve Grete de dükkân sahibine. Onlar mektupları yazarken içeriye giren hizmetçi kadın sabah işlerini bitirmiş olduğu için çıkacağını söyledi. Mektup yazan üç kişi önce kadına bakmadan başlarını salladılar, ama kadın hâlâ orada durmaya devam edince öfkeyle başlarını kaldırıp baktılar. "Ne var?" diye sordu Bay Samsa. Hizmetçi kadın, aileye verecek çok iyi bir haberi varmış da, ancak yeterince üstüne düşerlerse söyleyecekmiş gibi sırıtarak kapıda duruyordu. Kadın işe girdiğinden beri Bay Samsa'nın sinirine dokunan, şapkasının üstünde neredeyse dimdik duran devekuşu tüyü, hafif hafif sallanmaktaydı. "Evet, ne istiyorsunuz?" diye sordu Bayan Samsa, kadının evde en çok saygı gösterdiği kişi oydu. "Şey," dedi kadın, kıkırdamaktan konuşmasına devam edemiyordu, "yani, şu yan odadaki şeyin nasıl kaldırılacağına kafa yormanıza gerek yok. O konu halledildi." Bayan Samsa ve Grete, yazmaya devam etmek istiyormuş gibi mektuplarına eğildiler; hizmetçi kadının şimdi her şeyi ayrıntılarıyla anlatmaya başlamak üzere olduğunu anlayan Bay Samsa, elini uzatarak kararlı bir şekilde onu durdurdu. Kadın, hikâyesini anlatmasına izin verilmeyince, çok acelesi olduğunu hatırladı ve alındığını açıkça belli ederek, "Herkese iyi günler," dedi, hışımla arkasını döndü ve kapıyı hızla çarparak evden çıktı.

"Bu akşam işine son verilecek," dedi Bay Samsa, ama ne karısından ne de kızından bir cevap almadı, çünkü hizmetçi kadın, annenin ve kızının daha ancak yeni kavuştukları huzuru bozmuş gibiydi. Ayağa kalkıp pencereye gittiler ve birbirlerine sarılarak orada durdular. Bay Samsa, oturmakta olduğu koltuğunda onlara doğru döndü ve bir süre sessizce izledi. Sonra seslendi: "Haydi, gelin artık buraya. Bırakın bu geçmiş konuları. Ve biraz da beni düşünün." Karısı ve kızı sözünü derhal dinleyerek onun yanına koştular, sarılıp okşadılar ve çabucak mektuplarını bitirdiler.

Sonra üçü, aylardan beri ilk defa evi birlikte terk ettiler ve tramvayla şehir dışına gezmeye gittiler. İçinde onlardan başka yolcu bulunmayan vagonun her yanını sıcak bir güneş ışığı kaplamıştı. Koltuklarında rahat rahat arkalarına yaslanarak, gelecekten beklentilerini konuştular ve yakından bakıldığında olasılıkların hiç de fena olmadığı göründü, çünkü aslında bu konuda birbirlerine henüz hiçbir şey sormamış olmalarına rağmen, üçü de çalıştıkları işlerden son derece memnundu ve bu, ilerisi için çok ümit vericiydi. Başka bir eve taşınmakla durumlarını daha da düzeltebilirlerdi. Gregor'un bulmuş olduğu bu evden daha küçük ve ucuz, ama daha iyi bir semtte ve idaresi daha kolay bir eve geçmek istiyorlardı. Böyle sohbet ederlerken, Bay ve Bayan Samsa neredeyse aynı anda, giderek canlanan kızlarının son zamanlarda, yanaklarını solduran onca sıkıntıya rağmen ne kadar hoş ve endamlı bir kıza dönüşmüş olduğunu fark ettiler. Gittikçe sessizleşerek ve neredeyse farkına varmaksızın bakışlarıyla anlaşarak, artık ona iyi bir koca bulma zamanının da geldiğini düşündüler. Ve tramvay yolculuğunun sonuna geldiklerinde, ayağa ilk kalkanın kızlarının olması ve taze bedeniyle gerinmesi, onlara yeni hayallerinin ve iyi niyetlerinin onaylanması gibi geldi.